こころ彩る

徒《つれ》然《づれ》草《ぐさ》

兼好さんと、お茶をいっぷく

木村耕一

イラスト 黒澤葵

1万年堂出版

しばらく旅に出るのは、
いいものですよ。
心が晴れ晴れして、
きっと新たな発見を
与えてくれるでしょう。
（徒然草　第一五段）

満開になった桜は、
風に吹かれると、
すぐに散ってしまいます。
人の心に咲く花は、
桜よりはかなく、
移り変わると知ってはいましたが、
この恋だけは真実だと
思っていました……。

（徒然草　第二六段）

悪口を言われたら
「悔しい」
「恥ずかしい」と思いますが、
言った人も、聞いた人も、
すぐに死んでいきますから、
気にしなくてもいいのです。

（徒然草　第三八段）

月の夜、雪の朝、桜の下などで、
ゆったりと話をしながら、
杯《さかずき》を交わすのは、
とてもいいものです。
（徒然草　第一七五段）

目に見えない風の動きに、
心が動かされることはありませんか。
流れる水が、岩に当たって
白く砕け散る姿を見ると、
心がすがすがしくなりますね。

（徒然草　第二一段）

もし、
未来が分かる人が来て、
「おまえの命は、明日、
必ずなくなるであろう」
と知らせてくれたら、
どうしますか。さて、今日一日、
いつもと同じことに、せっせと
取り組むことができるでしょうか。
（徒然草　第一〇八段）

はじめに

存命の喜び、日々に楽しまざらんや

（徒然草　第九三段）

今、生きている。この喜びを、日々、楽しもう。

七百年前の自由人、兼好法師《けんこうほうし》からのメッセージです。

「そんなこと言ったって、こんな毎日、楽しめないよ。どうしたらいいの？」

という声が聞こえてきそうです。

兼好法師《けんこうほうし》は、

「確かにそうだね。でも、ちょっと心の持ち方を変えると、随分《ずいぶん》、楽になれるよ。そして、苦しみの元を突《つ》き止《と》めて解決することが大事なんだ」と呼びかけるように、日々、見聞きしたことを題材に、エッセーを書き始めました。今でいう〝ブログ〟のような感覚です。しかも文章がうまい！　四季の移り変わり、名人に極意を尋《たず》ねるインタビュー、落語のように笑える事件……。こうした二百四十四のエッセーから『徒然草《つれづれぐさ》』が誕生したのです。

『徒然草《つれづれぐさ》』は、兼好法師《けんこうほうし》が亡《な》くなって、三百年もたってから、江戸時代《えどじだい》の天才的な編集者の目に留《と》まります。彼は、「いつの時代にも共通する素晴《すば》らしいメッセージだ」と直感。兼好法師《けんこうほうし》の原稿《げんこう》に解説を加え、新たに編集して発売したところ、大ベストセラーとなったのです。

江戸時代《えどじだい》から始まった『徒然草《つれづれぐさ》』ブームは、今も続いています。

日本人に最も親しまれている古典の一つであり、『徒然草《つれづれぐさ》』を題材とした人生論、ビジネス書、マンガなどが、実に多く発刊されています。

日本だけではありません。私がブラジルへ行った時、書店で、ポルトガル語に翻訳《ほんやく》された『徒然草《つれづれぐさ》』を見つけ、驚《おどろ》きました。海外でも、読まれているのです。

アメリカで、アップルコンピュータ社を設立し、革新的な事業で大成功したスティーブ・ジョブズは、若い時から日本文化が大好きでした。仕事の進め方、信念を語る言葉の中に、まさに『徒然草《つれづれぐさ》』そのまま、といえるメッセージがあります。彼も、英訳で読み、仕事の原動力にしていたに違《ちが》いありません。

こんな『徒然草《つれづれぐさ》』を、古典の名著と位置づけ、「古文は苦手だな」と、一歩引いて眺《なが》めていては、もったいないではありませんか。そこで、誰《だれ》もが、生き方を見つめるヒント集として、気楽に読める形にしておきたい、と思い立ちました。

そのために、まず、『徒然草《つれづれぐさ》』二百四十四段の中から、鎌倉《かまくら》・室町時代《むろまちじだい》でなければ必要のない話題を大胆《だいたん》に取り除き、現代に通じるメッセージを、六十六選びました。

そして、古典新訳ではなく、兼好法師《けんこうほうし》が、直接、私たちに語りかけるように、分かりやすく、意訳することに努めました。

「へえー。徒然草《つれづれぐさ》って、こんなに面白《おもしろ》かったんだ!」という印象を、きっと持ってもらえると思います。

兼好法師《けんこうほうし》のストレートな指摘《してき》には、「あっ、痛い!」と、思わず声が出てしまうところもあるでしょう。

日本人の精神を培《つちか》った超《ちょう》ロングセラー『徒然草《つれづれぐさ》』、そのエッセンスを、あなたの人生に取り入れてください。

平成二十九年七月

木村　耕一

『徒然草』の原文は、各段の意訳の後に、印象的な部分を抜粋して掲載しました。

❖『徒然草』の著者・兼好法師って、どんな人？

『徒然草《つれづれぐさ》』の著者は「吉田兼好《よしだけんこう》」と、学校で習った人が多いと思います。

しかし、本当の名前は「卜部兼好《うらべのかねよし》」といい、最近の教科書では書《か》き換《か》えられています。

卜部兼好《うらべのかねよし》は、鎌倉時代《かまくらじだい》の終わりに京都の吉田神社《よしだじんじゃ》の神官の家に生まれました。

高い教養を身につけていた彼は、朝廷《ちょうてい》の官僚《かんりょう》となり、天皇《てんのう》に仕えて、周囲がうらやむほどの出世を果たします。

ところが三十代で、突然《とつぜん》、貴族社会に別れを告げ、地位や名誉《めいよ》には見向きもせず出家しました。仏教を求めて出家したので、「兼好法師《けんこうほうし》」と呼ばれるようになったのです。

出家といっても、山に入って修行したのではありません。寺を回って学んだり、和歌を詠《よ》んだり、文化人や名士と交流したりして、幅広《はばひろ》く、自由な活動を展開していくのです。七十歳ほどで亡《な》くなったといわれています。

こころ彩る徒然草　もくじ

意訳で楽しむ徒然草　兼好さんと、お茶をいっぷく

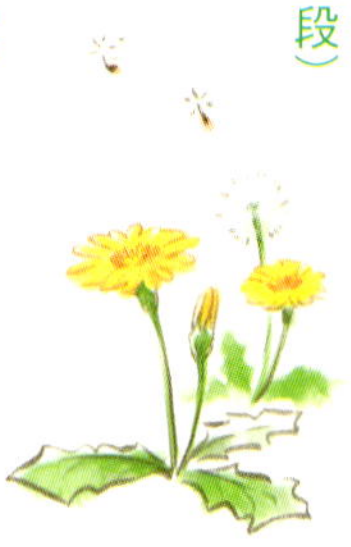

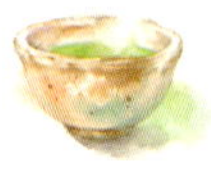

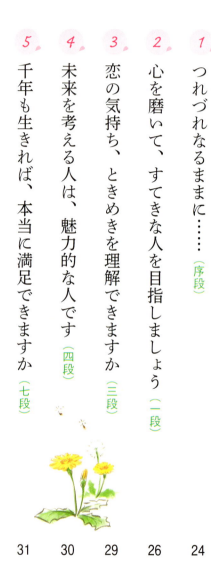

もくじ

もくじ

もくじ

もくじ

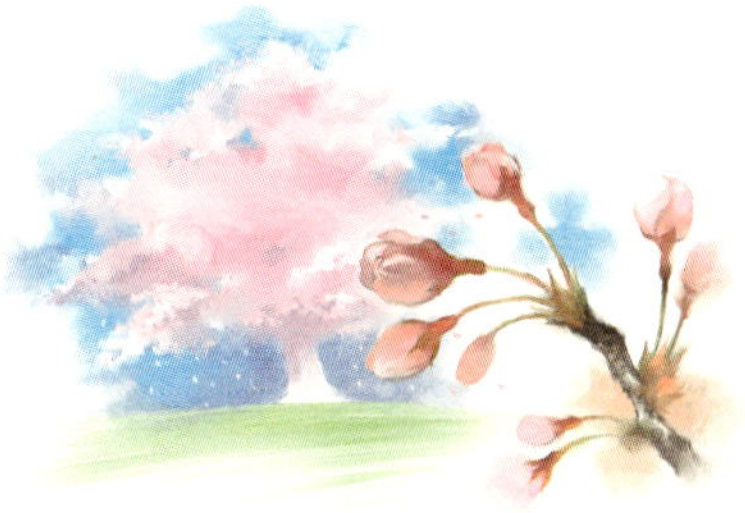

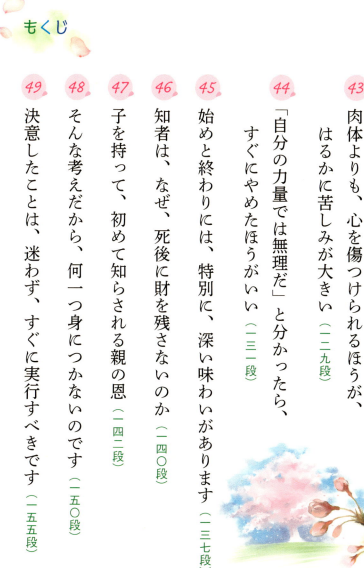

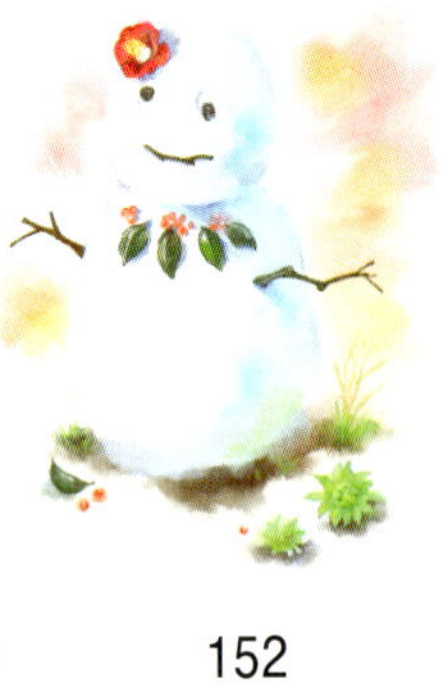

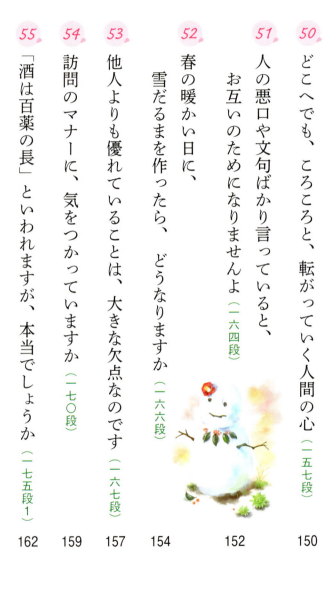

もくじ

もくじ

兼好さんと、お茶をいっぷく

意訳で楽しむ徒然草

1

つれづれなるままに……

❖序段

これといってすることのない、自由気ままな時間に、心に浮《う》かんでくるつまらないことを、とりとめもなく書き続けていると、妙《みょう》に気が狂《くる》いそうになってくるのです。

原文

つれづれなるままに、日ぐらし、すずりにむかいて、心にうつりゆくよしなしごとを、そこはかとなく書きつくれば、あやしゅうこそ物狂《ものぐる》おしけれ。（序段）

かいせつ

ここには、大きな謎《なぞ》があります。

兼好法師《けんこうほうし》は、まず「つれづれなるままに……」と、自由気ままに、好きなことをやって暮らしている様子を描《えが》いています。

「こんなふうに、悠々自適《ゆうゆうじてき》に過ごせたら、幸せだろうなあ」と、憧《あこが》れる人も多いでしょう。

ところが、すぐ続けて、「あやしゅうこそ物狂《ものぐる》おしけれ」と書いています。

体は自由になったけれども、心には、ぼんやりした不安がある……。いや、それ以上に、得体の知れない焦《あせ》りに追《お》い詰《つ》められ気が狂《くる》いそうだ、と包《つつ》み隠《かく》さず告白しているのです。

これはいったい、兼好法師《けんこうほうし》は、何を訴《うった》えているのでしょうか。どうしたら、心のモヤモヤ、むなしさが晴れるのでしょうか。

この謎《なぞ》を解くには、とにかく『徒然草《つれづれぐさ》』を、読み進めていくしかないようです。

2

心を磨いて、すてきな人を目指しましょう

❖第一段

さあ、この世に生まれたからには、一度しかない人生を楽しみましょう。

やりたいことは、山ほどあります。

地位や名誉《めいよ》を得ている人を見ると、「よし自分も」と決意する人も多いでしょう。

しかし、出世した人が、得意な顔、偉《えら》そうな顔をしていると、私は、「つまらないヤツだな」と思ってしまいます。

たとえ、名誉《めいよ》や財産がなくても、美しくなりたい、スタイルをよくしたいという願いは、皆《みな》、持っているでしょう。

それは大切なことですが、外見だけ飾《かざ》ってもダメなのです。

一見、りっぱだと思っていた人が、化《ば》けの皮がはがれて、つまらない人だったと分かった時のショックは、実に大きなものがあります。

やはり、人間にとって、いちばん大切なのは心なのです。

地位や名誉《めいよ》、容姿などは、生まれつき

の家柄《いえがら》、才能、体質などによって左右されることもあります。
しかし、自分の心ならば、誰《だれ》でも、高めることができます。
昨日《きのう》よりも今日、今日よりも明日と、日々、向上していくことができます。
心を磨《みが》いて、すてきな人を目指しましょう。

原文

しなかたちこそ生《うま》れつきたらめ、
心はなど、かしこきよりかしこきにも、うつさばうつらざらん。
（第一段）

3

恋の気持ち、ときめきを理解できますか

❖第三段

何もかも優秀《ゆうしゅう》であっても、恋《こい》の気持ち、ときめきを理解できない男は、非常に、つまらない人です。例えば、酒を飲もうと思って美しい杯《さかずき》を手に取ったのに、よく見ると、底に穴が開いていて、「これじゃ、役に立たん」と、がっかりするようなものですよ。

原文

万《よろず》のことにいみじくとも、色ごのみならざらん男、いとそうぞうしく、玉の杯《さかずき》の底なき心地《ここち》ぞすべき。（第三段）

4

未来を考える人は、魅力的な人です

❖第四段

後の世のことを心にかけて忘れず、仏教を大事にする人は、なんて奥《おく》ゆかしく、魅力的《みりょくてき》な人でしょうか。

原文

後の世のこと心にわすれず、仏の道うとからぬ、こころにくし。（第四段）

かいせつ

当時の日本では、仏教を学ぶことは、教養としても、人間としても、大切なことだったのです。

5

千年も生きれば、本当に満足できますか

❖第七段

人間ほど、寿命《じゅみょう》の長いものはありません。

カゲロウは、飛び立った日の、夕方には亡《な》くなります。

夏しか生きられないセミは、春や秋を知りません。

それに比べると、人間の一年間は、格段に、のんびりと、長いものなのです。もし、その一年さえも悔《く》いなく過ごせず、「もっと長生きしたい」という人は、たとえ千年、生きたとしても、最期《さいご》に「ああ、一夜の夢だった」と

嘆《なげ》くに違《ちが》いありません。

誰《だれ》も、永遠に生きることはできないのです。

体は、年々、衰《おとろ》えていきます。

いつまでも生きることのできない世の中で、ただ無意味に年を重ね、老衰《ろうすい》した哀《あわ》れな姿をさらして、何かいいことがあるでしょうか。

「命長ければ恥《はじ》多し」と、昔からいわれていますが、まさにそのとおりではありませんか。

せめて壮健《そうけん》な四十歳までに、人生の目

的を達成し、いつ死んでも悔《く》いのない生き方をしたいものですね。

原文

命あるものを見るに、人ばかり久しきはなし。かげろうのゆうべをまち、夏のせみの春秋をしらぬもあるぞかし。

（第七段）

かいせつ

「命長ければ恥《はじ》多し」は、今から約二千三百年前の中国の古典『荘子《そうじ》』の一節に基《もと》づいている言葉です。人間は、こんな昔から変わらず、悩《なや》んできたのですね。

6

ああ……、男は、なんて愚かなのでしょう

第八段

世の中の人が、心を惑《まど》わせる、最大の原因は、色欲《しきよく》です。

ああ……、男は、なんて愚《おろ》かなのでしょう。

女性とすれ違《ちが》った時に、いい香《かお》りがすると、心がときめいてしまう。「香《かお》りなんて、一時的に、服装にしみこませただけ」と知りながらも、なぜか必ず、ドキドキしてしまいます。

昔、久米《くめ》の仙人《せんにん》が、神通力を得て空を飛んでいた時のことです。

地上の川で、美しい娘《むすめ》が、腰巻《こしま》きをまくって、洗濯《せんたく》しているではありませんか。

思わず、白い足を見てしまった仙人《せんにん》は、たちまち心を乱し、神通力を失って、地上へ転落してしまったのです。

いい香《かお》りがしてさえドキドキするのに、美しい肌《はだ》を見たら、墜落《ついらく》してしまうのは、もっともなことですよ。

原文

世の人の心まよわすこと、色欲《しきよく》にはしかず、人の心おろかなるものかな。（第八段）

かいせつ

「久米《くめ》の仙人《せんにん》」が空から墜落《ついらく》したエピソードは、平安時代の『今《こん》昔物語集《じゃくものがたりしゅう》』などに記されています。おかしさの中に、人間の愚《おろ》かさが、うまく表れているので、今日《こんにち》でもよく引用されています。

7

異性に対する惑いがなくならない……

❖第九段

異性に対する惑《まど》いがなくならないのは、老人も青年も、賢《かしこ》い人も愚《おろ》かな人も、誰《だれ》も変わるところがありません。

よくよく注意して、恐《おそ》れ慎《つつし》まなければならないのは、この煩悩《ぼんのう》なのです。

原文

ただかのまどいのひとつやめがたきのみぞ、老《おい》たるも若きも、智《ち》あるも愚《おろ》かなるも、かわる所なしと見ゆる。みずから戒《いまし》めて、おそるべしつつしむべきは此《この》まどいなり。（第九段）

8
みんなと一緒にいるのに、なぜ、「独りぼっちだな」と感じるのか

❖第一二段

真の心の友を、持っていますか。

よく気の合う人と、しんみり語り合い、楽しかったこと、つらいこと、自分のこと……、何でも心置きなく話せたら、どんなに癒《い》やされるでしょうか。

でも、そんな人は、いるはずがないのです。

だから、人と話をする時は、相手に合わせるようにし、ぶつからないように心がけていく必要があります。どんなに話し相手が多くいても、まるで独《ひと》

りぼっちでいるように感じるのは、そのためなのです。
　何か話し合う時に、「私は、そうは思わない」と反論したり、「こうだから、こうなるのだ」と、とことん本音で議論したりできれば、心の寂《さび》しさも慰《なぐさ》められるでしょう。しかし、実際には、どうでもいい内容なら合わせられますが、「真実の心の友」というには、はるかに遠い会話しかできません。本当に、やりきれませんね。わびしい思いがします。

原文

同じ心ならん人と、しめやかに物がたりして、おかしきことも、世のはかなき事も、うらなくいい慰《なぐさ》まんこそうれしかるべきに、さる人あるまじけれど、つゆたがわざらんとむかいいたらんは、ただひとりある心地《ここち》やせん。

（第一二段）

かいせつ

お釈迦《しゃか》さまは、「人間は、独《ひと》りぼっちの旅をしているんだよ」と教えられています。経典《きょうてん》には

独生独死《どくしょうどくし》（独《ひと》りで生まれ、独《ひと》りで死んでいく）

独去独来《どっこどくらい》（独《ひと》りで来て、独《ひと》りで去っていく）

と記されています。

兼好法師《けんこうほうし》は、「一緒《いっしょ》に笑い合っていても、真の心の友はいないなあ、寂《さび》しいなあ、お釈迦《しゃか》さまが教えられたとおりだなあ」と、ここでつぶやいているのです。

9

本を開くと、まだ見ぬ古の人と、心の友になれます

❖第一三段

日が暮れると、明かりをともして、独《ひと》りで本を開く……。なんて、すてきな時間でしょうか。

たとえ話し相手がいなくとも、古《いにしえ》の、まだ見ぬ人たちと、心の友になることができるのです。

原文

ひとりともしびのもとに文をひろげて、見ぬ世の人を友とするぞ、こよなう慰《なぐさ》むわざなる。（第一三段）

かいせつ

『徒然草《つれづれぐさ》』は、ただの「つぶやき」「エッセー」ではありません。兼好法師《けんこうほうし》が、過去何千年にもわたる中国、日本の名著をよく読んで、共感したこと、教えられたこと、そのエキスを、自分の文章に織《お》り込《こ》んでいるのです。だから、一見、さりげなく書かれていることも、奥《おく》が深く、私たちの心を引きつけるのです。

10

旅に出るのは、いいものですよ

❖第一五段

どこでもいいから、しばらく旅に出るのは、いいものですよ。

心が晴れ晴れして、目が覚めるような感動があります。

日常を離《はな》れることによって、ものの見方、考え方にも、きっと新たな発見を与《あた》えてくれるでしょう。

原文

いずくにもあれ、しばし旅だつにこそ、めさむる心地《ここち》すれ。（第一五段）

11

月や花、流れる水を見ていると、心が楽しくなりますね

❖第二一段

どんな嫌《いや》なことがあっても、夜空に、清く、明るく光る月を眺《なが》めていると、心が晴れていくものですね。

月や花だけでなく、その季節に合ったものには、しみじみとした感動があります。

目に見えない風の動きに、心が動かされることはありませんか。

流れる水が、岩に当たって白く砕《くだ》け散《ち》る姿を見ると、四季を通じて心がす

がすがしくなりますね。

古人は、「山や水辺に遊んで、魚や鳥を見ると、心が楽しくなる」と言っています。人里から遠く離《はな》れて、水や草の清らかな所を、あてもなく歩き回ることほど、心が慰《なぐさ》められるものはありません。

原文

万《よろず》のことは、月見るにこそ慰《なぐさ》むものなれ。（第二一段）

12

川の流れのように、この世も、移り変わっていきます

❖第二五段

奈良《なら》の飛鳥川《あすかがわ》は、大雨でよく流れが変わります。川の流れ以上に、激しく変化するのが、この世の中です。喜びに出合ったかと思うと、悲しみに襲《おそ》われ、次に何が起きるか予測もできません。

かつて、華《はな》やかに栄えていた貴族の邸宅《ていたく》へ行ってみると、もう誰《だれ》も住んでいない野原に変わっていました。

たまたま、昔、訪問した屋敷《やしき》を見つけましたが、そこに住んでいる人は、

すでに入《い》れ替《か》わっていました。庭で、ずっと花を咲《さ》かせている桃《もも》の木に、「あの人たちは、どこへ行ったの」と尋《たず》ねても、答えてはくれません。

　まして、私が生まれる前に栄えていた貴族の邸宅《ていたく》や寺院などの名所、旧跡《きゅうせき》を巡《めぐ》ると、よけいにしみじみと、世の無常を感じるのです。

　中でも、京都の法成寺《ほうじょうじ》の跡地《あとち》は、あまりにも哀《あわ》れです。

　法成寺《ほうじょうじ》は、平安時代に絶大な権力をふるった藤原道長《ふじわらのみちなが》が、子孫の繁栄《はんえい》を願って建立《こんりゅう》した寺院です。

しかし、道長《みちなが》の死後、広大な寺院は火災に見舞《みま》われました。わずかに残った御堂《みどう》も、時の流れとともに朽《く》ち果《は》ててしまったのです。

やがて、こんなに荒《あ》れ果《は》てるとは、道長《みちなが》は、夢にも思っていなかったでしょう。

栄華《えいが》を極めた藤原道長《ふじわらのみちなが》が建てた法成寺《ほうじょうじ》でさえ、この有り様なのです。まして、それ以外の寺院や屋敷《やしき》の旧跡《きゅうせき》に至っては、土台の石くらいは残るかもしれませんが、そこが何だったのか、知る人さえ、いなくなるでしょう。

だから、自分が死んだ後、子孫が末永く栄えるために、何を、どうしておけばいいかと、どれだけ考えたとしても、全く当てにならないのです。

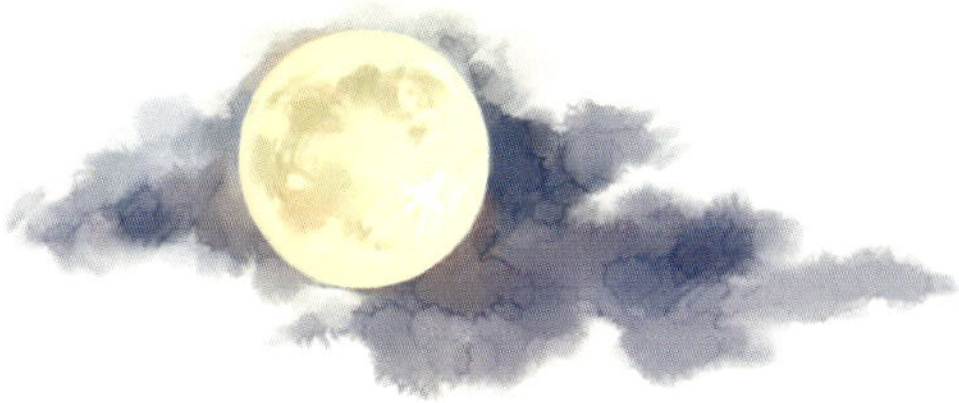

原文

あすか川《がわ》ふちせ常ならぬ世にしあれば、時うつりことさり、楽しみ悲《かな》しびゆきかいて、はなやかなりしあたりも人すまぬのらとなり、住《すみ》し家人はあらたまりぬ。

（第二五段）

かいせつ

藤原道長《ふじわらのみちなが》は、権力を握《にぎ》って、絶頂の時に、こんな歌を詠《よ》んでいます。

「この世をばわが世とぞ思う　望月《もちづき》の欠けたることもなしと思えば」

この世は自分のためにあるようなものだ、欲《ほ》しいものは何でも手に入る、満月のように足りないものは何もない、と得意になっています。

でも、こんなに威張《いば》っていた人が建てた寺が、その後、どうなったのか。荒《あ》れ放題の跡地《あとち》に立って、兼好法師《けんこうほうし》は、しみじみと「世のはかなさ」「無常」を感じたのです。

13

この恋だけは、真実だと思っていました

❖第二六段

満開になった桜は、風に吹《ふ》かれると、すぐに散ってしまいます。人の心に咲《さ》く花は、桜よりはかなく、移り変わると知ってはいましたが、この恋《こい》だけは真実だと思っていました。

私の心に、優《やさ》しく、温かく伝わってきた、あの人の言葉は、今も、一つ一つ、よみがえってきます。でも、いつまでも一緒《いっしょ》にと思っていたのは、私だけだったようです。あの人は、私の手の届かぬ所へ嫁《とつ》いでいってしまいまし

た。これも、世の習いとはいえ、死別したよりも悲しい思いがするのを、どうにもできないのです。

原文

風も吹《ふき》あえずうつろう人の心の花に、なれにし年月を思えば、哀《あわれ》とききし言の葉ごとに忘れぬものから、我が世の外になりゆくならいこそ、なき人の別《わかれ》よりもまさりて悲しきものなれ。（第二六段）

かいせつ

兼好法師《けんこうほうし》にも、悲しい失恋《しつれん》があったのですね。恋《こい》を「人の心に咲《さ》く花」に例えるなんて、すてきな男性だと思います。

胸が焼けるような切なさを感じた時に、小野小町《おののこまち》の名歌、**「色見えでうつろうものは　世の中の人の心の花にぞありける」**（古今和歌集《こきんわかしゅう》）を思い出したのでしょう。この一節を、自分の文章に織《お》り込《こ》んでいます。目に見える花よりも、人の心に咲《さ》く花のほうが、はかなく散りやすい……と、小町《こまち》が、悲しくささやく声が聞こえてきそうです。

14

何十年たっても、自分を慕ってくれる人がいるでしょうか

❖第三〇段

人が亡《な》くなった後ほど、悲しいものはありません。

身内が集まって、慌《あわ》ただしく法事を営み、あっという間に四十九日が過ぎていきます。

その後、年月がたっても、亡《な》き人を忘れることはありませんが、「去る者は日々に疎《うと》し」といわれるように、悲しさが薄《うす》らいでいくのは、どうしようもないのです。故人について、たわいもないことを言って、笑ってしまうこ

とさえあります。
遺骸《いがい》は、人気《ひとけ》のない山の中に葬《ほうむ》って、せいぜい命日に墓参りするくらいになります。ふだんは、訪ねる人もないので、墓には苔《こけ》が生え、落ち葉が積もっていきます。そして、いつしか墓に話しかけるのは、山に吹《ふ》く風と、夜の月だけ……。そんな寂《さび》しい状態になっていくのです。
それでも、亡《な》き人を思い出して懐《なつ》かしむ人が、生きているうちは、まだいいのです。問題は、そんな人も、やがて必ず、皆《みな》、死んでいくということなのです。

では、顔も知らない後世の子孫が、いつまでも懐《なつ》かしく慕《した》って、法事を営んでくれるでしょうか。墓参りをしてくれるでしょうか。そんなことは、考えられないでしょう。

法事が絶えると、墓の主が、どこの誰《だれ》であるか、名前さえ分からなくなってしまいます。そのまま数十年、数百年たつと、墓のそばに植えられていた松の木は切《き》り倒《たお》されて薪《たきぎ》となり、古い墓は耕されて田畑となってしまいます。

そこに、人が葬《ほうむ》られていた形跡《けいせき》さえなくなるのです。

実に、悲しいことですが、これが自然な流れなのです。

原文

年月へても露《つゆ》わするるにはあらねど、去るものは日々にうとしといえることなれば、さはいえど、そのきわばかりは覚えぬにや、よしなしごと言いてうちも笑いぬ。（第三〇段）

かいせつ

今から千五百年前の中国でのこと。

ある旅人が、城郭《じょうかく》の門を出ると、目の前の小高い丘《おか》に、墓場が広がっていました。よく見ると、古い墓は、次第に耕されて田に変わっているではありませんか。

「ああ、人は死ぬと、日が経《た》つにつれ、世間から忘れられていくんだな……」と思うと、ひゅうひゅう吹《ふ》き抜《ぬ》ける風の音まで、悲しく聞こえてきます。この情景を「去る者は日にもって疎《うと》く……」と詠《よ》んだ詩が中国の『文選《もんぜん》』に収められています。

兼好法師《けんこうほうし》は、この詩の中に、全ての人、そして自身の姿を見たので、「人が亡《な》くなった後ほど悲しいものはない」と書かずにおれなかったのでしょう。

15

「わからず屋の、おっしゃることなんか、聞けるものですか」

❖第三一段

朝から、珍《めずら》しく雪が降り出した日のことです。

ある女性に、急ぎの用事があったので、用件だけ書いて手紙を持っていかせました。

すると、まもなく届いた返書には、

「今朝《けさ》の雪のことに、一言も触《ふ》れていらっしゃいませんね。そんな風流を理解しないような、わからず屋の、おっしゃることなんか、聞けるものですか。

本当に、情けないお心ですこと。がっかりしました」
と書かれていました。まったくそのとおりで、実に心に残る手紙でした。
その人は、もう亡《な》くなっているので、こんなちょっとしたことも忘れることができないのです。

原文
此《こ》の雪いかが見ると一筆のせ給《たま》わぬほどの、ひがひがしからん人の仰《おおせ》らるること、聞き入るべきかは。かえすがえすくちおしきみ心なり。（第三一段）

16

客が帰る後ろ姿を、そっと見送る人は、すてきですね

❖第三二段

月の美しい夜に、おもてなしの心をわきまえた、すてきな女性を見たことがあります。

その人は、客が家から出ていった後、玄関《げんかん》の戸を、すぐには閉めませんでした。客の後ろ姿を見送りながら、しばらく月を眺《なが》めているではありませんか。

もし彼女が、すぐに戸を閉め、鍵《かぎ》をかけてしまったら、こんなに心に残ら

なかったと思います。
客は、自分の後ろ姿を見送ってくれている人がいるとは知るはずがありません。
このように、ごく自然に振《ふ》る舞《ま》えるのは、ふだんからの心がけが素晴《すば》らしいからに違《ちが》いありません。

原文

妻戸を今すこしおしあけて、月見るけしきなり。やがてかけこもらせましかば、くちおしからぬまし。あとまで見る人ありとはいかでかしらん。かようのこと、ただ朝夕の心づかいによるべし。
（第三二段）

17

たとえ字が下手でも、手紙は自分で書きましょう

❖第三五段

手紙を書くときには、たとえ字が下手《へた》であっても、自分で書くほうが、心が伝わります。恥《は》ずかしがらずに、どんどん書いたほうがいいのです。字が下手《へた》で見苦しいからといって、他人に代筆を頼《たの》むのは、わざとらしく、嫌《いや》みな感じを受けます。

原文

手のわろき人のはばからず文かきちらすはよし。見ぐるしとて人にかかするうるさし。（第三五段）

18

親しい仲にも、時には、礼儀が必要です

❖第三七段

いつも親しくしている人が、何かのおりに、私に遠慮《えんりょ》して改まった態度をとることがあります。

それを見て、「今さら、他人行儀《たにんぎょうぎ》な礼儀《れいぎ》は、必要なかろう」と言う人がありました。しかし、どんなに親しい間柄《あいだがら》であっても、何かの節目には、きちんと礼儀《れいぎ》を示すことができる人は、誠実で、りっぱな人だと思います。

それと反対に、これまで親しく話したことのない人が、ふと打ち解けたこ

とを言ってくださると、また「できた人だな」と感じて、心が引かれるものです。

原文

朝夕へだてなくなれたる人の、ともある時、われに心おき、ひきつくろえるさまにみゆるこそ、今さらかくやはという人もありぬべけれど、なおなおげにげにしくよき人かなと覚《おぼ》ゆれ。

（第三七段）

19

財産や名誉が増えると、幸せになれないって、本当ですか

❖第三八段

名誉《めいよ》と利益を求める心に振《ふ》り回《まわ》され、心が休まる時もなく、一生涯《いっしょうがい》、苦しみ続けるのは、実に愚《おろ》かなことです。

財産が多いと幸福になれるでしょうか。

実は、その反対で、財産が多くなればなるほど、苦しむことになります。

なぜかというと、財宝は、盗難《とうなん》などの災いを招き、面倒《めんどう》な争いを引き起こす原因となるからです。

たとえ、自分の死後に、北斗星《ほくとせい》に届くくらいの黄金を残したとしても、子孫は、決して幸せにはなれないでしょう。

では、名誉《めいよ》を手にすれば、幸福になれるのでしょうか。

よくよく考えてみると、名誉《めいよ》を求める心は、人から「よく思われたい」「褒《ほ》められたい」という気持ちです。ところが、褒《ほ》めてくれる人も、悪口を

言っている人も、それほど長く、この世に残ってはいません。そんな話を聞いた人も、たちまちこの世を去っていきます。

このように明らかに見てみると、馬鹿馬鹿《ばかばか》しいことではありませんか。悪口を言われたら「悔《くや》しい」「恥《は》ずかしい」と思いますが、言った人も、聞いた人も、すぐに死んでいきますから、気にしなくてもいいのです。

自分が褒《ほ》められると自慢《じまん》したい気持ちが出てきます。もっと多くの人に、自分の値打ちを認めてほしいと思います。しかし、すぐに死んでいく人に褒《ほ》められたとしても、ほんのちょっとの間のことですから、たいしたことないじゃありませんか。

それよりも、褒《ほ》められたことが原因となって、周囲から悪口を言われたり、ねたまれたりすることがありますので、よくよく気をつけなければなりません。

原文

名利《みょうり》につかわれて、しずかなるいとまなく、一生をくるしむるこそおろかなれ。（第三八段）

かいせつ

黄金を、北斗星《ほくとせい》に届くほど積み上げると、途方《とほう》もない金額になります。

それだけ財産を残せば、子孫も幸せ間違《まちが》いなしと、普通《ふつう》は思うでしょう。

ところが、唐《とう》の有名な詩人・白居易《はくきょい》は、

「身の後には金をうずたかくして北斗《ほくと》を拄《ささ》うとも、生前の一樽《いっそん》の酒には如《し》かず」（白氏文集《はくしもんじゅう》）

と詠《よ》み、そんな黄金は、一樽《ひとたる》の酒ほどの価値もない、と笑っています。この印象的な例えを、兼好法師《けんこうほうし》は『徒然草《つれづれぐさ》』に引用しているのです。

20

こんな私でも、浄土に往生できるでしょうか

❖第三九段

ある人が、法然上人《ほうねんしょうにん》に、「念仏を称《とな》えている時に、眠気《ねむけ》に襲《おそ》われることがあります。どうやって、この眠気《ねむけ》を防げばよろしいでしょうか」とお聞きしました。

すると上人は、「目が覚めている時に念仏を称《とな》えなさい」と答えられたのです。なんと尊いことでしょうか。

また、法然上人《ほうねんしょうにん》は、「現在、生きている時に、正しい信心を獲得《ぎゃくとく》し、往生《おうじょう》

一定《いちじょう》の身に救われた人は、死んだら必ず弥陀《みだ》の浄土《じょうど》に往生《おうじょう》できます。現在、ハッキリ救われていない人は、浄土往生《じょうどおうじょう》を果たすことができません」と教えられました。

さらに、「こんな私でも救っていただけるのだろうか、と疑っている人でも、弥陀《みだ》の本願を真剣《しんけん》に聞けば、阿弥陀仏《あみだぶつ》のお慈悲《じひ》によって疑い晴れて、必ず浄土往生《じょうどおうじょう》できる身に救ってくださるのだよ」ともおっしゃいました。なんと尊い教えでしょうか。

原文

ある人、法然上人《ほうねんしょうにん》に、念仏の時ねぶりにおかされて行《ぎょう》おこたりはんべること、いかがして此《この》さわりをやめはんべらん、と申《もうし》ければ、目覚《さめ》たらんほど念仏し給《たま》え、とこたえらる、いととうとかりけり。又《また》、往生《おうじょう》は一定《いちじょう》とおもえば一定《いちじょう》、不定《ふじょう》とおもえば不定《ふじょう》なり、といわれけり、是《これ》もとうとし。又《また》、疑いながらも念仏すれば往生《おうじょう》す、といわれけり、これらも又《また》とうとし。（第三九段）

21

木の上で眠っている人と、地上の人、どちらが安全でしょうか

❖第四一段

五月五日に、賀茂《かも》の競馬《くらべうま》を見に行きました。

とても多くの人が見物に来ていて、馬が走る道の柵《さく》に近づくことさえできません。

ちょうどその時、一人の法師が、大きな木に登って、競馬《くらべうま》を見ていました。しかし、ひどく居眠《いねむ》りをしているのです。木の股《また》に座りながら、ふらっと体を揺《ゆ》らし、「あっ、落ちる！」と思ったら、ぱっと木にしがみつく……。そ

れが何度も何度も続きます。見物人は、競《くらべ》馬《うま》よりも法師に注目して、

「なんて馬鹿《ばか》なやつだ。あんな危ない木の上で、よくも安心して眠《ねむ》っておれるな」

と、笑っていました。

その時、私は、ふと、心に浮《う》かんだまま、口に出してしまいました。

「木の上で寝《ね》ている法師と、地面に立っている私たちは、どちらが先に死ぬでしょうかね。私たちだって、今、急に病気で倒《たお》れるかもしれません。それを忘れて、のんきに競馬《くらべうま》を見物しながら、他人を笑っている私たちのほうが、馬鹿《ばか》かもしれませんよ」

するとと、私の前に並んでいた人たちが、皆《みな》、振《ふ》り向《む》くではありませんか。

さては、怒《おこ》ったのかな……、と思いましたが、

「まことに、おっしゃるとおりでございます。私たちが、一番の馬鹿《ばか》でございました。さあ、こちらへお入りください」

と言って、競馬《くらべうま》がよく見えるように、私を柵《さく》の前のほうへ出してくれたのです。

私は、当たり前のことを言っただけですが、やはり人間には、木や石と違《ちが》って、心がありますから、真実の言葉に動かされたのでしょう。

原文

われらが生死到来《しょうじとうらい》、ただ今にもやあらん、それを忘れて物みて日をくらす、おろかなることは、なおまさりたるものを、と言いたれば、さきなる人ども、まことにさにこそ候《そうら》いけれ、もっともおろかに候《そうろう》。

（第四一段）

22

こんなことで、怒っても、しかたないでしょう

第四五段

「良覚僧正《りょうがくそうじょう》」という方は、とても怒《おこ》りっぽい人でした。住まいの近くに榎《え》の木があったので、町の人々は、「榎《え》の木の僧正《そうじょう》」と呼び始めました。すると僧正《そうじょう》は、「あだ名は、けしからん」と怒《おこ》って、木を切ってしまったのです。

榎《え》の木はなくなりましたが、大きな根が残っていましたので、人々は、面《おも》白《しろ》がって「切《き》り杭《くい》の僧正《そうじょう》」と言うようになりました。

またまた腹を立てた僧正《そうじょう》は、根を掘《ほ》り起《お》こして捨ててしまいました。
しかし、根っこの跡《あと》が大きな堀《ほり》になったので、人々は、「堀池《ほりけ》の僧正《そうじょう》」と呼ぶようになったのです。

原文

この名しかるべからずとて、かの木を切られにけり。その根のありければ、切りくいの僧正《そうじょう》といいけり。いよいよ腹たてて、きりくいを掘《ほ》りすてたり。その跡大《あとおおき》なる堀《ほり》にてありければ、堀池《ほりけ》の僧正《そうじょう》とぞいいける。

（第四五段）

23

人は、勝手なことを言うものです

❖第四六段

京都に、「強盗《ごうとう》の法印《ほういん》」というあだ名の高僧《こうそう》がいました。たびたび強盗《ごうとう》に遭《あ》ったので、人々が、このような名をつけてしまったのです。

原文

強盗《ごうどう》の法印《ほういん》と号する僧《そう》ありけり。たびたび強盗《ごうどう》にあいたるゆえに、この名をつけらるるとぞ。
（第四六段）

24

優先順位を間違うと、死ぬ時に、後悔しますよ

❖第四九段

仏教というと、年をとってから聞くものだと思っていませんか。古い墓を調べてみると、その多くは年若くして亡《な》くなった人のものです。自分は若いと思っていても、いつ病にかかり、あっという間に、この世を去ることになるか分かりません。

いよいよ死に直面した時、初めて、行き先が真っ暗な心に驚《おどろ》いて、「自分がやってきたことは、間違《まちが》いだった」と知らされるといわれています。

その「間違《まちが》い」とは、真っ先にすべきことを後回しにし、後にすべきことを急いで、人生の時間を使ってしまったという後悔《こうかい》です。眼前に死が迫《せま》ってから悔《く》やんでも、もう、取り返しがつかないのです。

だから、全ての人は、無常が確実に迫《せま》っていること、いつ死ぬか分からない身であることを、心にしっかりと刻み、わずかな間も忘れてはならないのです。

そういう心がけがあれば、優先順位を間違《まちが》うはずがありません。浄土《じょうど》へ往生《おうじょう》する道を教えられた仏教を、まじめに聞き求めるようになっていくのです。

原文

人はただ、無常の身に迫《せま》りぬることをひとしと心にかけて、つかのまも忘《わす》るまじきなり。されば、などか此《こ》のどのにごりもうすく、仏のみちをつとむる心もまめやかにならざらん。（第四九段）

25

お金をかけて水車を作ったのに、動きませんでした

❖第五一段

どんなにお金と日数をかけても、無駄《むだ》になることがあります。

大井川《おおいがわ》から、亀山離宮《かめやまりきゅう》へ水を引く工事を行った時のことです。最初は、近くの住民に、水車を作るように命じられました。ところが、多額の経費と日数をかけて作り上げたのに、川に設置しても、水車が回らないのです。

「そんなはずはない」「おかしいな」と、どれだけ修理を続けても、結局、

うまくいきません。そこには、役目を果たさない水車が、突《つ》っ立《た》っているだけでした。

そこで、これまで水車を作った経験のある宇治《うじ》の住民を呼んでくることになりました。彼らは、到着《とうちゃく》早々、いとも簡単に水車を組み立てていきます。しかも、見事に川の水を、くみ入れることに成功したのです。

何事につけても、その道に通じて、専門的な知識や技量を磨《みが》いている人たちは、素《す》晴《ば》らしいものです。

原文

万《よろず》にその道を知れる者は、やんごとなきものなり。（第五一段）

26

調子に乗って、ふざけると、大きな失敗をしますよ

❖第五三段

京都の仁和寺《にんなじ》で、法師たちが、祝いの宴席《えんせき》を設けた時のことです。銘々《めいめい》が、何か芸をすることになりました。

酒に酔《よ》った若い法師が、調子に乗って、そばにあった足つきの釜《かま》を取って、頭にかぶろうとしました。金属の釜《かま》です。逆さにすれば、顔がすっぽり入るように感じましたが、入り口が狭《せま》く、鼻がつかえてしまいます。それを、鼻を押《お》さえて、無理に顔を全部、釜《かま》の中へ押《お》し入《い》れてしまったのです。

まるで、金属の大きな帽子《ぼうし》を、首まですっぽり入るように被《かぶ》った格好をして、皆《みな》の前で踊《おど》ったので、「珍《めずら》しい！」と大爆笑《だいばくしょう》、大好評でした。「今日《きょう》一番の出し物だ！」と、酒を飲みながら、やんやと騒《さわ》ぎました。

さて、しばらく踊《おど》ってから、釜《かま》を抜《ぬ》こうとしましたが、耳や鼻がひっかかって抜《ぬ》けません。どんな角度で引っ張っても抜《ぬ》けません。このままでは死んでしまいます。さあ、大変。せっかくの酒宴《しゅえん》も興《きょう》が冷め、皆《みな》、途方《とほう》に暮れてしまいました。

それでも、なんとか釜《かま》を抜《ぬ》こうとして引

っ張ると、血が出てきて、首の周りが、ぱんぱんにはれてしまいました。
釜《かま》をたたき割ろうしても、金属ですから、がんがんと頭に響《ひび》くばかりで、びくともしません。
どうしようもないので、手を引き、杖《つえ》をつかせて、京の町の医者の所へ連れていきました。その道々、すれ違《ちが》った人たちは、「世にも奇怪《きかい》な人が通る」と、非情に驚《おどろ》いたといいます。
医者も、こんな患者《かんじゃ》を見たのは初めてです。何を尋《たず》ねても、釜《かま》の中で、声がわんわ

ん。

響《ひび》いて、何を言っているのか分かりませ
とうとう、「こんなことは、医学の書物にも書いてないし、師匠《ししょう》からも聞いたことがない」と、医者にも見捨てられ、しかたなく仁和寺《にんなじ》へ帰りました。

親しい者や、年老いた母などが枕元《まくらもと》に集まって、嘆《なげ》き悲《かな》しみますが、その声が、本人に聞こえているのかどうかも分かりません。

ある人が、

「こうなったら、たとえ耳や鼻がちぎれて

も、命さえ助かればいいでしょう。力いっぱい、引っ張りましょう」と提案しました。あとはそれしかないので、皆《みな》で、首もちぎれるほど引っ張ったので、ようやく釜《かま》は抜《ぬ》けましたが、法師は重傷を負ってしまいました。その後、長い間、病で苦しんでいたということです。

原文

酔《え》いて興《きょう》にいるあまり、かたわらなる足鼎《あしがなえ》をとりて、頭《かしら》にかずきたれば、つまるようにするを、鼻をおしひらめて、顔をさし入れて、舞《ま》い出《いで》たるに、満座興《きょう》に入《いる》ことかぎりなし。しばしかなでて後、抜《ぬ》かんとするに大かた抜《ぬ》かれず。酒宴《しゅえん》ことさめて、いかがわせんとまどいけり。（第五三段）

27

会話のエチケットを身につけましょう

❖第五六段

久しぶりに会った人が、自分の身の上に起こったことを、一方的に、何もかも話し続けることがあります。そんな話を、延々と聞かされるのは、実に、つまらないものです。どんなに親しい間柄《あいだがら》でも、時がたって会う時には、少しぐらい遠慮《えんりょ》すべきなのですが、それが分からないのでしょうか。

品性の劣《おと》っている人は、ちょっとどこかへ行ってくると、「面白《おもしろ》いことがあったぞ」と息もつかず、夢中になって話し始めます。しかも、そこにいる大勢に向かって、まるで目の前で起きているように、わざとらしく誇張《こちょう》して話し、大声で笑い騒《さわ》ぎます。本当にうるさくて困ったものです。

上品な人は、大勢の人の前でも、その中の一人に向かって語りかけるように話を始めます。すると、皆《みな》、自然に、一緒《いっしょ》になって聞いていくのです。

また、人の容姿の善《よ》し悪《あ》しや、学問の優劣《ゆうれつ》などを話題にする時に、自分のことを例に出して話す人があります。ついつい言ってしまう気持ちは分かりますが、それが自慢《じまん》であっても、卑下《ひげ》した内容であっても、聞いておれないですね。実に、やりきれない、嫌《いや》な気持ちがするものです。

原文

久しくへだたりて、あいたる人の、我《わが》かたにありつること、かずかずに残りなく語り続くるこそあいなけれ。（第五六段）

28

隣の家から、突然、火が出たら、どうしますか

❖第五九段

一大事を解決して、浄土往生《じょうどおうじょう》を願う人は、全てのことに優先して仏教を聞き始めるべきだと思います。

「今は、やりたいことがあるから、もうちょっと後で」

「人から非難されないように、やるべきことをやってから」

「まだまだ死ぬとは思えない。そう、慌《あわ》てることはなかろう」

などと思っているうちに、日常生活で、やるべきことが、どんどん増えてい

くのです。そうやって後回しにしていると、いつまでたっても、仏教を聞くことはできません。

世間の人を見ていると、「いつかは」「いつかは」と思っているうちに、一生が過ぎてしまう人が、ほとんどのようです。

ここで、よく考えてみてください。

隣《となり》の家から、突然《とつぜん》、火が出たら、どうしますか。

火に向かって「ちょっと待ってくれ」と言っても無駄《むだ》なので、恥《はじ》も外聞もなく、必死に逃《に》げるでしょう。どんなに大切なお金も、財宝も、命には代えられないので、置き去りにして逃《に》げるしかないのです。

同じように、死は、待ってはくれません。洪水《こうずい》や猛火《もうか》が、すさまじい勢いで攻《せ》めてくるよりも速く、私たちを襲《おそ》ってきます。

「年老いた親の世話があるから」「幼い子供がいるから」「大事な仕事がある

から」「大切な人がいるから」、もうしばらく待ってくれと泣いて訴《うった》えても、一切、聞いてくれません。情《なさ》け容赦《ようしゃ》なく、全てから切り捨てられ、独《ひと》りぼっちで、死出《しで》の山路《やまじ》を行かなければならないのです。

原文

近き火などにぐる人は、しばしとやいうべき。身を助けんとすれば、恥《はじ》をもかえりみず、財をも捨ててのがれ去《さ》るぞかし。命は人を待《まつ》ものかは。無常の攻《せ》むることは水火の攻《せ》むるよりも速《すみ》やかに、のがれがたきものを、その時、老《おい》たる親、いとけなき子、君の恩、人の情《なさけ》、捨てがたしとて捨てざらんや。（第五九段）

29

とにもかくにも、ウソの多い世の中です

❖第七三段

世間に語り伝えられていることは、本当のことを言うと、つまらないからでしょうか、多くは、皆《みな》、ウソなのです。

どんなウソがあるか、見てみましょう。

まず、すぐにばれると知りながら、口から出まかせに、しゃべり散らすウソがあります。これは、根も葉もないことだと分かります。

次に、自分でも「これは本当の話ではない」と感じながらも、他人から聞

いたまま、鼻の辺りをぴくぴくさせて、得意げに話すウソがあります。これは、その人が作ったものではなく、受け売りのウソです。
最も恐《おそ》ろしいウソは、いかにも本当らしく、所々をややぼかして、よく知っていないように装い、それでいて、うまくつじつまを合わせて言うウソです。これは、だまされやすいので気をつけなければなりません。
この他に、消極的なウソが二つあります。
一つめは、誰《だれ》かが、自分のためになるようなウソ、名誉《めいよ》になるようなウソを言ってくれた場合です。だいたい、本人は黙認《もくにん》して、否定しません。しかし、黙《だま》っているままが、ウソをついていることになります。

二つめは、多くの人が、面白《おもしろ》がって聞いているウソです。たとえ、自分が真相を知っていても、「そうではない」と言える雰囲気《ふんいき》ではないので、黙《だま》って聞いているしかありません。しかし、黙《だま》っていたために、ウソが本当のこととして定まってしまうことがあります。

このように、ウソの多い世の中です。だから、人から、面白《おもしろ》い話、うまい話、儲《もう》かる話を聞いても、そのまますぐに信じてはいけないのです。

原文
世に語りつたうること、誠《まこと》はあいなきにや、多くはみなそらごと也《なり》。
（第七三段）

30

人間が、アリのように集まって、東へ西へ、南へ北へと急いでいます

❖第七四段

人は、何のために生きているのでしょうか。

都の街角に立って考えてみました。

人間が、アリのように集まって、東へ西へと急ぎ、南へ北へと走っています。

身分の高い人もいれば、低い人もいます。

老人もいれば、若者もいます。

出かけていく人もいれば、家に帰る人もいます。

夜になると寝《ね》て、朝になると起きます。

このように努力し、励《はげ》んでいる目的は、何なのでしょうか。

それは「少しでも長生きしたい」「金を儲《もう》けたい」という心以外にないのです。

では、その願いが、将来、かなうでしょうか。

いいえ、とてもかないません。私たちの未来に、確実に待ち受けているものは、「老い」と「死」、この二つだけなのです。

しかも、その到来《とうらい》は実に速く、一瞬《いっしゅん》たりとも歩みを止めないのです。こんな一大事を抱《かか》えたまま、何を楽しむことができるでしょうか。

しかし、迷っている人は、死が迫《せま》っていることを恐《おそ》れようとしません。名誉《めいよ》や利益におぼれて、心が麻痺《まひ》してしまっているからです。

逆に、いたずらに、老いと死が迫《せま》ることを悲しみ、不老長寿《ふろうちょうじゅ》ばかりを願っている人があります。生まれた者には、必ず死ぬ時があるのです。諸行無常であり、一切のものは続かないという真理を知らないからです。

原文

ありのごとくに集《あつ》まりて、東西に急ぎ、南北にはしる人、高《たかき》あり、いやしきあり、老《おい》たるあり、若きあり、ゆく所あり、帰る家あり。夕《ゆうべ》にいねては朝《あした》におく。いとなむ所なにのことぞ。生をむさぼり利を求めてやむ時なし。（第七四段）

31

「だからこそ、世にも珍しいものなのです」

第八八段

「これは、かの有名な書道の名人・小野道風《おののとうふう》が書いた『和漢朗詠集《わかんろうえいしゅう》』です」

と言って、家宝にしている人がありました。

ある人が疑問に感じて、尋《たず》ねました。

「おかしいですね。『和漢朗詠集《わかんろうえいしゅう》』は、小野道風《おののとうふう》が死んでから五十年ほどたってからでき上がったはずです。それを、小野道風《おののとうふう》が書写することは、ありえません。あまりにも時代が食《く》い違《ちが》っています」

すると、持ち主は、

「だからこそ、世にも珍《めずら》しいものなのです」

と言って、ますます大切に秘蔵したのでした。

原文

さ候《そうら》えばこそ、世にありがたき物には
はんべりけれ、といよいよ秘蔵しける。
（第八八段）

32

「助けてくれ、猫まただあ、猫まただあ！」

❖第八九段

「山の奥《おく》に、猫《ねこ》またという怪獣《かいじゅう》がいて、人を食うそうだ」

ある人が驚《おどろ》いて言うと、聞いた相手が、

「いや、山だけじゃないぞ。この辺りにも出るのを知らんのか。猫《ねこ》が年を取って化《ば》けると、猫《ねこ》またになって、人の命を取るらしいぞ」

と、いかにも見たかのように言い返していました。

行願寺《ぎょうがんじ》の辺りに住んでいる、何とかという法師が、このうわさを聞いて、

「ああ、恐《おそ》ろしい。独《ひと》りで出歩く時は、気をつけよう」
と思っていました。
その法師が、夜が更《ふ》けるまで連歌をして遊んで、独《ひと》りで帰ってきた時のことです。自宅近くの、小川のほとりで、うわさに聞いていた猫《ねこ》またが現れたのです。まっしぐらに足元へ寄ってきて、いきなり飛びつき、首の辺りに食いつこうとするではありませんか。
法師は肝《きも》をつぶして、防ごうとしても力が出ず、腰《こし》が抜《ぬ》けて、小川の中へ転げ

落ちて、

「助けてくれ、猫《ねこ》まただあ、猫《ねこ》まただあ！」

と叫《さけ》んだのです。

驚《おどろ》いた近所の人々が、松明《たいまつ》をともして駆《か》けつけてみると、顔見知りの坊《ぼう》さんでした。

「これはいったい、何事ですか」

と、川の中から抱《だ》き起《お》こしてやると、懐《ふところ》に大事にしまっていた扇《おうぎ》や小箱などがバラバラと水の中へ落ちてしまいました。連歌の会で稼《かせ》いだ賞品です。

しかし、法師は、そんな物には目もくれず、「よくも助かったものだ」という顔をして、はうようにして、わが家へ入っていきました。

実はこれ、飼っていた犬が、自分の主人を見つけて飛びついただけだった、ということです。

原文

小川のはたにて、音に聞きし猫《ねこ》また、あやまたず足もとへふと寄りきて、やがてかきつくままに、くびの程《ほど》をくわんとす。きも心もうせて防がんとするに力もなく、足も立たず小河へころび入《いり》て、たすけよや、猫《ねこ》また猫《ねこ》また、と叫《さけ》べば、家々より松どもいだして走りよりて見れば、このあたりに見しれる僧《そう》なり。

（第八九段）

33

誰が言い始めたのかな？「縁起の悪い日」なんて、ないんです

❖第九一段

「この日は縁起《えんぎ》が悪い」といって、特定の日を嫌《きら》って避《さ》けている人が多くあります。

なぜならば、「その日に言ったこと、やったことは成就《じょうじゅ》しない」「手に入れたものはなくしてしまう」「計画していたことは成功しない」などと信じているからです。

誰《だれ》が言い始めたのか知りませんが、これは実に、馬鹿《ばか》げたことです。

わざわざ吉日《きつじつ》を選んでやったことで、成就《じょうじゅ》しなかったものが、どれだけあるかしれません。その数を数えてみると、縁起《えんぎ》が悪い日にやって成就《じょうじゅ》しなかったものと、きっと同じ数のはずです。

吉日《きつじつ》であっても悪を行えば、必ず悪い結果が現れます。縁起《えんぎ》の悪い日であっても善を行えば、必ず善い結果が現れるのです。幸、不幸は、その人の行為《こうい》によって決まるのであって、日の善悪とは関係ありません。

原文

吉日《きつじつ》に悪をなすに必ずあしき也《なり》。悪日に善を行《おこな》うに必ずよきなり、といえり。吉凶《きっきょう》は人によりて、日によらず。（第九一段）

34

「後で、時間を取って、しっかりやろう」これは、今を怠けている姿です

❖第九二段

弓を習い始めた人が、ある日、二本の矢を持って的に向かいました。

すると、師匠《ししょう》が、

「矢は一本にしなさい。二本持つと、後の矢を当てにして、初めの矢を、いいかげんにする心が起きる。この一本しかないと思いなさい」

と戒《いまし》めました。

たった二本の矢です。しかも、師匠《ししょう》の前で射るのです。最初の一本を、お

ろそかにするはずがありません。

しかし、本人は気づいていませんが、「失敗しても、もう一本ある」という気の緩《ゆる》みが、心の底にあることを、師匠《ししょう》は見抜《みぬ》いていたのです。

この戒《いまし》めは、弓だけでなく、全てのことに通じる大切な心構えです。

何かを身につけようと学んでいる人は、ついつい、後で時間を取って、しっかりと勉強しようと思ってしまいます。夕方になると「翌朝に」と思い、朝になると「夕方に」と後回しにします。これは、今現在を、怠《なま》けている姿です。

「後で」という心を捨てて、すぐさま実行することが、いかに難しいかを知らされるばかりです。

原文

懈怠《けだい》の心、みずから知らずといえども、師これを知る。此《こ》の戒《いまし》め、万事にわたるべし。（第九二段）

35

今、生きている、この喜びを、日々、楽しもうではありませんか

❖第九三段

ある人が言いました。

「一日の命には、万金より重い値があります。人間は、死を憎《にく》み、嫌《きら》いだと思うならば、生きていることを愛せるようになるべきです。『生まれてきてよかった』『生きることは素晴《すば》らしい』と心から喜べる幸せを得ることに全力を尽《つ》くして、日々を楽しく過ごそうではありませんか。

愚《おろ》かな人は、この『生きる喜び』を得ることを忘れて、金銀財宝や地位名《めい》

誉《よ》などの楽しみを追い求めています。しかし、人間の欲にはきりがないので、どれだけ集めても満たされることはありません。そんなことに、万金より価値のある一日を使うのは、危なっかしくて、見ておれないのです。生きているうちに、本当の『生きる喜び』を得ることができないまま、死に直面し、眼前が真っ暗になってから悔《く》やんでも手遅《ておく》れなのです。

なぜ、人は皆《みな》、心から生きる喜びを味わうことができないのでしょうか。

それは、『死』を恐《おそ》れていないからです。いや、恐《おそ》れていないのではなく『死』が近づいていることを忘れているからなのです」

ここまで言うと、その場にいた人たちは、皆《みな》、嘲《あざけ》り笑って、まともに聞こうともしませんでした。

原文

人、死を憎《にく》まば、生を愛すべし。存命の喜び日々に楽しまざらんや。（第九三段）

36

余命一日なら、何をしますか。いつもと同じことができますか

❖第一〇八段

ほんのちょっとの時間を惜《お》しむ人がありません。愚《おろ》かで、怠《なま》けている人のために、一言、言わせてもらいます。

一銭という金は、微々《びび》たるものですが、この一銭を積み重ねていくと大金持ちになれるのです。だから、商人が一銭を惜《お》しむ気持ちは切実なものがあります。

これと同じで、一瞬《いっしゅん》の時間の経過は意識にのらないほどですが、この一瞬《いっしゅん》

の時間が次々に過ぎていくと、たちまち臨終に至るのです。

だから、「今月こそ、頑張《がんば》ろう」「今日《きょう》一日、全力を尽《つ》くそう」という目標ではなく、

「ただ今の一瞬《いっしゅん》の時間を無駄《むだ》にしないようにしよう」

と心掛《こころが》けるべきなのです。

もし、未来が分かる人が来て、

「おまえの命は、明日《あす》、必ずなくなるであろう」

と知らせてくれたら、どうしますか。

さて、今日《きょう》一日、いつもと同じことに、せっせと取り組むことができるでしょうか。

あと一日の人生、となっても、心に、消えない明かりがありますか。

実は、私たちの「今日《きょう》」は、「明日《あす》、死ぬぞ」と告げられた日と、何ら変

わるところがないのです。

一日のうちに、食事、大小便、睡眠《すいみん》、会話、移動、仕事……と、やむをえないことに多くの時間を失っています。

あと残りの貴重な時間に何をしていますか。何の役にも立たないことをして、何の役にも立たないことを言って、何の役にも立たないことを考えて、時間を過ごしていませんか。そのまま一日がむなしく終わり、一カ月が過ぎ、一生を終わっていくのです。これは、最も愚《おろ》かな生き方といっていいでしょう。

原文
無益《むやく》のことをなし、無益《むやく》のことをいい、無益《むやく》のことを思惟《しゆい》して時をうつすのみならず、日を消し、月をわたりて一生を送る、もっとも愚《おろ》かなり。（第一〇八段）

37

気のゆるみ、油断は、こんな時に出てくるのです

❖第一〇九段

「木登りの名人」といわれる男がいました。

ある日、名人が、人を指図して高い木に登らせ、枝を切らせていました。

高い所で、見るからに危ないと思える時であっても、名人は、何も声をかけません。

ところが、作業が終わって、高い木から下りてきて、もうすぐ地上というくらいになって初めて、

「間違《まちが》いをするな。気をつけよ」

と声をかけたのです。

そばで見ていた私が不審《ふしん》に思って、

「これくらいの高さになれば、跳《と》び下《お》りることもできる。なぜ、今になって、

そんなことを言うのか」

と尋《たず》ねると、名人は、こう答えました。

「そのことでございます。高い所にいて目が回り、枝が折れそうで危ない時は、自分自身が恐《おそ》れて、気を張っていますから、あえて、注意しなくてもいいのです。間違《まちが》いというものは、易《やさ》しい所になってから、必ず起きるものでございます」

身分の低い人の言葉ですが、古《いにしえ》からの賢人《けんじん》の戒《いまし》めと、全く一致《いっち》しています。

原文

そのことに候《そうろう》。目くるめき、枝あやうきほどは、おのれがおそれはんべればもうさず、あやまちは、やすき所になりて、必ず仕《つかまつ》ることに候《そうろう》。

（第一〇九段）

38

勝負に勝つ秘訣は？「勝とうと思わないことです」

❖第一一〇段

「双六《すごろく》の名人」といわれている人に、勝負に勝つ秘訣《ひけつ》を尋《たず》ねると、こう答えてくれました。

「勝とうと思ってはいけません。負けないようにする気持ちが大切なのです。どの方法を採《と》ると最も早く負けるかを考えて、少しでも遅《おそ》く負ける方法を選んでいくと、勝てるのです」

いかにも道を究《きわ》めた人の教えです。

勝とうとする焦《あせ》りが、冷静さを失わせ、大きな失敗につながるのです。

私たちの日常の行いにも通じるものがあります。

国を治め、平和を維《い》持《じ》する心得も同じだと思います。

原文

勝たんとうつべからず、負けじとうつべきなり。（第一一〇段）

39

遊戯にのめりこむのは、「親殺し」よりも重い罪

❖第一一一段

「碁《ご》や双六《すごろく》などの遊戯《ゆうぎ》に、夜となく昼となく、のめりこんで、生活が乱れている者は、五逆罪《ごぎゃくざい》よりも大きな悪を犯していると思う」と、ある上人《しょうにん》が言われたことが耳に残っています。五逆罪《ごぎゃくざい》とは、「父殺し、母殺し」の大罪です。

まさに、そのとおりなのです。

原文

囲碁《いご》、双六《すごろく》このみてあかしくらす人は、四重五逆にもまされる悪事とぞおもう。

（第一一一段）

40

もうこれ以上、世間のつきあいに、振り回されたくない

❖第一一二段

明日《あす》、遠い国へ旅立つ人に、手間のかかることを依頼《いらい》する人はありません。突然《とつぜん》、重大なことが起きたり、悲しい出来事に襲《おそ》われている人は、周りから何を言われても、耳に入らないでしょう。それだけでなく、他人に不幸や祝い事があったとしても、見舞《みま》いや挨拶《あいさつ》をする余裕《よゆう》もないと思います。それでも、恨《うら》んだり、責めたりする人はいないはずです。

特別な事情がないかぎり、世間のつきあい、冠婚葬祭《かんこんそうさい》の儀式《ぎしき》は、どれ一つ

とっても、避《さ》けることが難しいものばかりです。しかし、全ての儀礼《ぎれい》につきあおうとしたら、心身の休まる時がありません。そんなことをしていると、一生は、つまらぬ雑事や義理に振《ふ》り回《まわ》されて、むなしく終わってしまうでしょう。

「日は暮れ、行く道は遠い。わが一生は、もはや、つまずき進めない」と、中国の詩人・白居易《はくきょい》が晩年に告白したように、私も全く同じ心境なのです。嘆《なげ》かざるをえません。

私は、この際、後生《ごしょう》の一大事《いちだいじ》を解決する

ために、妨《さまた》げになるものは、一切、捨て去る覚悟《かくご》をしました。これからは、世間の義理や礼儀《れいぎ》に、関《かか》わることをやめます。

切羽詰《せっぱつ》まった、この私の気持ちの分からない人は、「あいつは、おかしい」「正気を失ったのか」「人間じゃない」と責めるでしょう。でも、もう悪口を言われてもかまいません。褒《ほ》められても気にしません。ただひたすら、仏教を求めて進んでいきたいのです。

原文

諸縁《しょえん》を放下《ほうげ》すべきときなり、信をまぼらじ。礼儀《れいぎ》をも思わじ。此《こ》の心をもえざらん人は、物狂《ものぐる》いともいえ。うつつなし、情《なさけ》なしとも思い、そしるともくるしまじ。ほむるとも聞きいれじ。（第一一二段）

41

「素人が、口出しするな。おまえこそ、とんでもないやつだ」

❖第一一四段

太政大臣《だいじょうだいじん》が京都の嵯峨《さが》へ牛車《ぎっしゃ》に乗って赴《おもむ》いた時のことです。

途中《とちゅう》で川の水が道路にあふれている所がありました。

牛車《ぎっしゃ》を操っていた賽王丸《さいおうまる》は、そこを勢いよく走らせたために、牛の足で跳《は》ね返《かえ》った水が、車にバシャバシャとかかってしまいました。

大臣と一緒《いっしょ》に乗っていた供の男が、

「こら、こんな所で乱暴に走らせるとは何事だ！　大臣様に水がかかるでは

ないか」

と賽王丸《さいおうまる》を叱《しか》りつけました。

すると、太政大臣《だいじょうだいじん》は、供の男に向かって急に怒《おこ》り出《だ》したのです。

「きさまは、車を動かすことにかけて、賽王丸《さいおうまる》以上に知っているのか。素人《しろうと》が、口出しするな。おまえこそ、とんでもないやつだ」

と言って、供の男の頭をつかみ、車の柱に、ごつんとぶつけました。

この賽王丸《さいおうまる》は、車の運転にかけては当代随一《ずいいち》の名人だったのです。川の水があふれている所では速度を上げないと、車輪が砂に埋《う》もれて動かなくなる危険があるからなのです。

原文

おのれ車やらんこと、さい王丸《おうまる》にまさりてえ知らじ。けうの男なり、とて、御車に頭をうちあてられにけり。

（第一一四段）

42

生き物の命を大切にしない者は、人間ではありません

❖第一二八段

生きているものを殺し、傷つけ、闘《たたか》わせて、遊び楽しむような人は、畜生《ちくしょう》と同類といっていいでしょう。

鳥や獣《けもの》から、小さな虫に至るまで、生きているものを、よく観察してみてください。親が子を愛し、子が親を慕《した》い、夫婦が連《つ》れ添《そ》っています。愚《おろ》かで無知なため、人間よりも一層、はなはだしく、ねたんだり、怒《おこ》ったり、欲のままに行動するのです。それでも、我が身を大切にし、命を惜《お》しん

でいます。
そんな彼らに苦しみを与《あた》え、命を取ることは、とてもかわいそうなことなのです。全ての生き物を見て、慈悲《じひ》の心を起こさないような者は、人間ではありません。

原文
すべて一切の有情をみて、慈悲《じひ》の心をなからんは、人倫《じんりん》にあらず。（第一二八段）

43

肉体よりも、心を傷つけられるほうが、はるかに苦しみが大きい

❖第一二九段

孔子《こうし》の高弟であった顔回《がんかい》は、人に苦労をかけないように、常に心がけていたといわれています。人を苦しめたり、相手を虐待《ぎゃくたい》したりすることは、決してあってはなりません。

幼い子を、だまし、おどかし、からかって、面白《おもしろ》がることがあります。大人《おとな》は冗談《じょうだん》で言っているのですから、何とも思っていませんが、幼い心には、身にしみて恐《おそ》ろしく、恥《は》ずかしいと感じているのです。本当に、痛々しいほ

ど、おびえているのです。幼い子を苦しめて、面白《おもしろ》がるような行為《こうい》は、慈悲《じひ》の心を持つ者のすることではありません。

人は、肉体よりも、心を傷つけられたほうが、はるかに苦しみが大きいの

です。

病気にかかるのも、その多くは心が原因だといわれています。

とても恥《は》ずかしいことや、恐《おそ》ろしいことがあると、必ず冷《ひ》や汗《あせ》が出ます。これは、心が、体に大きく作用している現れです。

中国の三国時代に、書道の達人が、高楼《こうろう》の額に揮毫《きごう》するように命じられ、籠《かご》に入って、七十五メートルの高さまでつり上げられたことがあります。あまりにも恐怖心《きょうふしん》が強かったため、達人が、使命を果たして地上に下りてきた時には、髪《かみ》の毛《け》が真っ白に変わっていたという実例があるくらいです。

原文
身をやぶるよりも、心をいたましむる、人をそこなうこと、なおはなはだし。（第一二九段）

44

「自分の力量では無理だ」と分かったら、すぐにやめたほうがいい

❖第一三一段

貧しい人は、人にお金や財を贈《おく》ることを礼儀《れいぎ》と心得ているようです。

年老いた人は、人に体力で貢献《こうけん》することを礼儀《れいぎ》と思っているようです。

しかし、これは誤った考えです。

己の分際をよく知り、「これは、自分の力量では無理だ」と分かったら、すぐにやめるのが、知恵《ちえ》ある生き方というべきです。

それを許さない人があったら、許さない人が間違《まちが》っています。

身のほどを知らずに、無理に一生懸命《いっしょうけんめい》に励《はげ》むのは、自分の心得違《こころえちが》いです。
貧しいのに分際をわきまえなければ、盗《ぬす》みをするようになります。
体力が衰《おとろ》えているのに身のほどを知らなければ、病気になるのです。

原文

分《ぶん》を知らずして、しいてはげむは、
おのれがあやまりなり。（第一三一段）

45

始めと終わりには、特別に、深い味わいがあります

❖第一三七段

桜の花は真《ま》っ盛《さか》りの時期だけ、月は一点の曇《くも》りもない明月だけが、見る価値のあるものでしょうか。

雨の降る空に向かって、雲に隠《かく》れている月を恋《こ》い慕《した》うのも趣《おもむき》があります。今にも咲《さ》きそうな桜の梢《こずえ》や、花が散って、花びらの絨毯《じゅうたん》のようになった庭にも、実に多くの見どころがあります。

花が散り、月が西へ傾《かたむ》くのを惜《お》しみ、嘆《なげ》く気持ちはよく分かりますが、

「この木も、あの木も、花が散ってしまった。もう、見る値打ちはない」とまで言うのは、風流を理解しない人としか思えません。

花や月に限らず、どんなことでも、始めと終わりには、特別に深い味わいがあります。

男女の恋愛《れんあい》にしても、いちずに会って契《ちぎ》りを結ぶことだけを恋《こい》というのでしょうか。契《ちぎ》らないで終わってしまった恋《こい》のつらさ、せつなさを、しみじみと味わうこともあります。

「二人は末永く愛し合う」と誓《ちか》ったはずなのに、はかなく消えてしまった約束を恨《うら》み、嘆《なげ》くこともあります。

恋《こい》しい人が住んでいる遠い空の彼方《かなた》へ思いをはせて、長い秋の夜を一人で明かすこともあります。

荒《あ》れ果《は》てた家を見て、「ああ、昔ここで、あの人とよく会っていたな」と懐《なつ》かしく回想することもあります。

このような思いは、全てひたむきな恋《こい》の情といえるのです。

賀茂《かも》の祭りを見物に行きました。

「たくさんの人が、町を歩いているなあ」と、混雑ぶりに驚《おどろ》いていましたが、案外、顔見知りの人に、よく出会いました。

ということは、世の中の人間の数も、それほど多くはないことが知らされます。

どんなことにも始めと終わりがあるように、この世に生まれた人は、やがて必ず死んでいきます。その順番は分かりません。

仮に、祭り見物に来ている人が、皆《みな》、死んでから、最後に自分が死ぬとしても、必ず、その日が来るのです。

例えば、大きな器に水を入れ、底に小さな穴を開けておくとします。ちょろちょろと垂れ落ちる水の量は少なくても、絶え間なく落ちますから、すぐになくなります。最後の一滴《いってき》、つまり自分の死は、必ず来るのです。

この大きな器から、一滴《いってき》、二滴《にてき》と、水が落ちるように、京の都にいる人が、死なない日はありません。それは、一日に一人や二人どころではありません。鳥辺《とりべ》野《の》、舟岡《ふなおか》など、都の周辺には火葬場《かそうば》が多くありますが、送葬《そうそう》をしない日はないのです。棺桶《かんおけ》を売っている人たちは、「どれだけ棺《ひつぎ》を作っても、倉庫に置いておくひまがない」と言っているくらいです。

年が若いとか、体が丈夫《じょうぶ》だとかいうことは、全く関係なく、死は、ある日、突《とつ》然《ぜん》やってきます。私たちが、今日《きょう》まで、死から逃《のが》れて生きてこられたのは、とてもありがたいことで、類《たぐ》いまれな奇《き》跡《せき》といってもいいのです。

このように考えると、たとえしばらくでも、この世を、のんきに過ごすことは、できないのです。

原文

花は盛《さか》りに、月はくまなきをのみ見るものかは。雨にむかいて月をこい、たれこめて春のゆくえも知らぬも、猶《なお》あわれに情《なさけ》ふかし。咲《さ》きぬべきほどの木ずえ、ちりしおれたる庭などこそ、見どころおおけれ。

（第一三七段）

46

知者は、なぜ、死後に財を残さないのか

❖第一四〇段

自分が死んだ後に、何かを残そうと思いますか。

知者は、死後に財を残さないといわれています。

なぜでしょうか。つまらない物を蓄《たくわ》えたまま死ぬと、「あいつ、こんな物を大事に持っていたのか」と笑われ、恥《はじ》をかくからです。

りっぱな物が残っていると、「この人は死ぬ時に、さぞかし執着《しゅうちゃく》しただろう。一つも持っていけなかったな。哀《あわ》れだな」と、思われるのが嫌《いや》だからで

す。

遺物が少なくても、整理に苦労するのに、もし莫大《ばくだい》な財産が残ったら、なおさら厄介《やっかい》なことが起きます。

「オレに、もっとよこせ」と親族が、遺産相続のけんかを始めるからです。人が死んだという厳粛《げんしゅく》な時に、こんなことで争うのは、実に、みっともないことですよ。

もし死後に、誰《だれ》かに譲《ゆず》ろうと思っているものがあるなら、生きている間に与《あた》えたほうがいいのです。

原文
身死して財のこることは智者《ちしゃ》のせざるなる。よからぬものたくわえてきたるもつたなく、よき物は心とどめけんとはかなし。（第一四〇段）

47

子を持って、初めて知らされる親の恩

❖第一四二段

人は、見かけによらず、よいことをいうものです。

ある荒々《あらあら》しい田舎武士《いなかぶし》で、恐《おそ》ろしい顔をした男が、そばの人と、こんな会話をしていました。

「お子さんはおいでですか」

「いいえ、一人も持ってはおりません」

「それでは、人の情けは、お分かりにならないでしょう。子供を持って初めて、かつて自分が、どれだけ親に苦労をかけてきたか、しみじみと知らされます。自分では気がつかなくても、我々は、実に多くの人に支えられて生きているのです。それを思い上がって、恩を恩とも感じなくなったら、恐《おそ》ろしいことですよ」

まさにそのとおりです。よくぞ言ったり、と感心しました。こんな無教養で、荒々《あらあら》しい男に、慈悲《じひ》の心があるとは思えません。孝行する気持ちなど、さらさらなかった者でも、子供を持つと、親の恩が知らされてくるのです。

原文

孝養の心なきものも、子もちてこそ、親の心ざしは思い知るなれ。（第一四二段）

48

そんな考えだから、何一つ身につかないのです

❖第一五〇段

上達する人と、しない人の違《ちが》いは、どこにあるのでしょうか。

例えば芸を学び始めた人の多くは、

「まだ下手《へた》なうちは、恥《は》ずかしいから、人前で芸をしないようにしよう。人の見えないところで稽古《けいこ》を重ね、身についてから披露《ひろう》してこそ、奥《おく》ゆかしい姿勢だと評価してもらえるだろう」

と思いがちです。

しかし、こんなことを言う人は、何一つ、身につきません。
まったく未熟なうちから、上手な人の中に交じって、けなされても、笑われても、恥《は》ずかしいと思わずに、一心に稽古《けいこ》に励《はげ》む人が伸《の》びていくのです。
そういう心掛《こころが》けの人は、たとえ生まれつきの才能がなくても、途中《とちゅう》で投げ出したりせず、黙々《もくもく》と努力するので、やがては「名人」の域に達し、世間から認められるのです。この反対に、なまじっか才能があって器用な人ほど、努力を怠《おこた》るので途中《とちゅう》で止まってしまいます。

世間中から「一流」と称賛《しょうさん》されている名人だといっても、最初のうちは、「なんて下手《へた》なやつだ」と笑われたり、ひどい欠点があったりした人ばかりなのです。そんな人が、その道の規則を厳格に守って、勝手気ままな態度をとらなかったからこそ、天下に認められる大家へと成長したのです。

芸能に限らず、いずれの道においても、これは大切な心掛《こころが》けなのです。

原文

道のおきて正しく、これを重くして放埒《ほうらつ》をせざれば、世の博士《はかせ》にて、万人の師となること、諸道かわるべからず。

（第一五〇段）

49

決意したことは、迷わず、すぐに実行すべきです

❖第一五五段

周囲と調和して生きるには、何事を行うにも、ふさわしい時機（タイミング）を選ばなければなりません。その順序を誤って無理に実行すると、周りの人の耳を驚《おどろ》かせ、反感を買って、物事が成就《じょうじゅ》しなくなります。

しかし、病気になること、子供を生むこと、死ぬことだけは、時機を選ぶことはできません。「今は都合が悪いから、少し待ってくれ」と言っても、だめなのです。

生老病死の、人生の大事は、ちょうど激しく流れる川の水のように、しばしも休むことなく、次々に、確実に目の前に現れてきます。

だからこの人生において、必ず成《な》し遂《と》げようと決意したことは、時機の善《よ》し悪《あ》しなんか問題にしておれません。すぐに実行すべきなのです。世間の習わしや周囲の事情を考えて、足踏《あしぶ》みしたり、中止したりしてはならないのです。

なぜ、そこまでしなければならないのか、四季の変化と人生を比較《ひかく》して、もう少し掘《ほ》り下《さ》げてみましょう。

春が終わって、その後で夏になり、夏が終わってから秋が来るのではありません。春は春のままで夏の気配を誘《さそ》い出《だ》し、夏のうちからすでに秋は入《はい》り込《こ》んでいます。秋の冷たさは、そのまま冬の寒さとなっていきます。

晩秋になれば木の葉が落ちます。これも、単に古い葉が落ちて、その後で次の葉が芽生えるのではありません。木の内部に、新

たに生まれようとする力がわき起こり、その勢いに押《お》されて、古い葉が落ちるのです。

このように、変化を受け入れる用意が同時になされているので、季節の移り変わりは、とても速いのです。

しかし、人間の生老病死の変化は、四季の変化よりも、ずっと速いと知るべきでしょう。

自然界には、春の次に夏、夏の次に秋、秋の次に冬という、決まった順序がありますから、やがて来る暑さや寒さの備えをすることができます。

ところが、人間界の「死」は、順番を守りません。しかも「死」は、人間の予想どおりに、必ず前から来るとは限らないのです。全く思ってもいないうちに、自分の後ろから忍《しの》び寄《よ》ってきます。

人は誰《だれ》でも、「自分も、いつかは死ぬ」と頭では分かっていながら、「そんな急に死ぬはずがない」と信じています。ところが、そんな淡《あわ》い期待は簡単に裏切られ、ある日、突然《とつぜん》、死に直面するのです。

遠浅の海岸には、潮《しお》が引くと沖《おき》のほうまで、ずっと続く干潟《ひがた》が現れます。そんな所

で、「岸まで潮《しお》が満ちるには時間がかかるだろう」と安心して遊んでいると、いつの間にか磯《いそ》から潮《しお》が差してきて、あっという間に、一面、海水に覆《おお》われるようなものなのです。

原文

必ず遂《と》げんと思わん人は、機嫌《きげん》をいうべからず。とかくの用意なく足を踏《ふ》みとどむまじき也《なり》。（第一五五段）

50

どこへでも、ころころと、転がっていく人間の心

❖第一五七段

筆を手に取ると、自然に何かを書きたくなります。

楽器を手に取ると、自然に音を鳴らしてみようと思います。

杯《さかずき》を手に取ると酒を飲もうと思い、さいころを手に取ると賭《か》け事《ごと》をやってみようという気になります。

人間の心は、何かの縁《えん》に触《ふ》れると、必ずその影響《えいきょう》を受けて、「やってみよう」と動き出すのです。だから、決して、悪い縁《えん》に近づいたり、悪い遊戯《ゆうぎ》を

したりしてはいけないのです。

ほんのちょっとだけでも、お経《きょう》の一句を見る機会があると、自然に、その前後の言葉も目に入ってきます。もしかしたら、ふと目に触《ふ》れたお釈迦《しゃか》さまの言葉に衝撃《しょうげき》を受け、たちまち長年の誤りに気がつくかもしれません。

そのような心が起きなくても、数珠《じゅず》を持って仏の前に座り、お経《きょう》を手に取ることがあれば、それは、とてもよい行いなのです。

原文

心は必ずことにふれてきたる、かりにも不善の戯《たわぶ》れをなすべからず。（第一五七段）

51

人の悪口や文句ばかり言っていると、お互いのためになりませんよ

❖第一六四段

世の中の人は、顔を合わせると、わずかな間でも黙《だま》っていることがありません。必ず何かを話します。その会話を聞いていると、ほとんど無駄《むだ》な話ばかりです。根拠《こんきょ》のないうわさ話や、人の悪口や文句……。

こんなことは、言っている本人にも、聞いている相手にも、損ばかり多くて、得することはありません。

しかも、一番の問題は、こんな悪口や文句を言い合うことが、お互《たが》いの心

に、何の得にもならないことに、気づいていないことです。

原文
是《これ》を語るとき、たがいの心に、無益《むやく》のことなりという事をしらず。
（第一六四段）

52

春の暖かい日に、雪だるまを作ったら、どうなりますか

❖第一六六段

世の中の人が、一生懸命《いっしょうけんめい》にやっていることを見ると、まるで、春の暖かい日に、雪だるまで仏像を作ろうとしているのに似ています。そして、雪だるまを美しく飾《かざ》るために金銀珠玉《しゅぎょく》の宝石を集めたり、安置する御堂《みどう》を建てたりするために働いているのです。

では、せっせと働いて建てた御堂《みどう》に、雪だるまの仏像を安置することができるでしょうか。

いいえ、できないのです。雪だるまは、すぐに解《と》けてしまいますから、御《み》堂《どう》が完成するまでもたないのです。

人は誰《だれ》でも、「自分の命は、まだまだある」と思っています。しかし、実際には、雪が解《と》けていくように、私たちの寿命《じゅみょう》は、日々刻々と縮まっているのです。

それなのに、あれもしたい、これもしたいと、とても多くのことを計画し、成就《じょうじゅ》する日を待ち望んでいるのは、雪だるまの仏像のために御堂《みどう》を建てようとしているのと、全く同じではないでしょうか。

原文

人間のいとなみあえるわざを見るに、春の日に雪ぼとけをつくり、そのために金銀のかざりをいとなみ、堂を建てんとするに似たり。

（第一六六段）

53

他人よりも優れていることは、大きな欠点なのです

❖第一六七段

自分の才能や知恵《ちえ》をふりかざして、他人と争うのは、角《つの》のある獣《けもの》が角《つの》を傾《かたむ》け、牙《きば》のある獣《けもの》が牙《きば》をむきだして、相手に挑《いど》みかかっていくのと同じです。

人間としては、自分の優《すぐ》れていることを自慢《じまん》せず、相手と争わないようにするほうが、いいと思います。

他人より優《すぐ》れていることは、むしろ大きな欠点だといっていいでしょう。

地位が高い、家柄《いえがら》がよい、才能がある……などと、他人よりも自分は優《すぐ》れ

ていると思っている人は、たとえ言葉に出さなくても、心の中に、「慢心《まんしん》」という非常に恐《おそ》ろしい悪が潜《ひそ》んでいるのです。

「他人よりも自分が上だ」「偉《えら》いんだ」「才能があるんだ」という思いが出てきたら、慎《つつし》むべきであり、忘れるべきなのです。人から「馬鹿《ばか》じゃないか」と見られたり、ひどく非難されたり、災いを呼び寄せる原因は、ひとえに、この慢心《まんしん》にあるのです。

一つの道を本当に究《きわ》めた人は、どこまで向上しても、「これで完成した」とは思えません。常に自分の欠点を明らかに知らされていますから、目標に向かって努力を続けます。だから最後まで、自慢《じまん》することがないのです。

原文

人にまされりと思える人は、たとい言《こと》に出《いで》てこそ我身《わがみ》をほめねども、内心にそこばくのとがあり。つつしみて是《これ》を忘《わす》るべし。（第一六七段）

54

訪問のマナーに、気をつかっていますか

❖第一七〇段

たいした用事もないのに、突然《とつぜん》、人の家を訪ねるのは、よくないことです。たとえ用事があっても、その目的が済んだら、なるべく早く帰ったほうがいいと思いますよ。長い間、座っているのは、はなはだ煩《わずら》わしいものです。

人と向き合って座ると、しゃべる言葉が多くなって、体も心も、くたびれてしまいます。これは時間の無駄《むだ》ですし、客にとっても、自分にとっても、無益なことなのです。

だからといって、あからさまに嫌《いや》な顔をしたり、早く帰ってくれという態度を示してはいけません。正直に、不都合な理由を、客に言ったほうがいいのです。

かといって、どんな場合でも長居をせずに、用事が終わったら、すぐに帰るべきかというと、そうでもありません。

相手と気持ちがぴったり合って、向こうから、「もうしばらくいてください。今日《きょう》は、ゆっくり落ち着いてお話ししましょう」などと言って引《ひ》き留《と》められた場合は、この限りではありません。

中国の三国時代に「竹林《ちくりん》の七賢《しちけん》」と呼ばれる人たちがいました。その一人、阮籍《げんせき》は、気にくわない客が来ると白い眼《め》で迎《むか》えましたが、気の合った人が来ると心から喜んで青い眼《め》で迎《むか》えたといいます。こんな心は、誰《だれ》にでもあることです。

親しい人が、これという用事もないのにやってきて、のんびりと話をして帰っていくのは、とてもよいことです。

また、特別な用事がなくても、「長い間、お便りを出していませんが……」という手紙が届くと、うれしいものです。

原文

さしたる事なくて、人のがりゆくはよからぬこと也《なり》。用ありてゆきたりとも、その事はてなば、とく帰るべし。久しくいたる、いとむつかし。

（第一七〇段）

55

「酒は百薬の長」といわれますが、本当でしょうか

❖第一七五段 その1

世の中には、訳の分からないことが多くありますね。

その中でも、事あるたびに酒を勧《すす》め、面白《おもしろ》がって無理に飲ませる風習は、どうしても合点がいきません。

酒を勧《すす》められた人が、いかにも困ったという顔で、眉《まゆ》をしかめて飲んでいます。そして、人が見ていないすきに、注がれた酒を捨てています。

また、酒を嫌《いや》がって逃《に》げる人を捕《つか》まえて、無理矢理に飲ませると、ふだん

は折り目正しい人が急変して、馬鹿馬鹿《ばかばか》しい振《ふ》る舞《ま》いをするようになります。直前まで健康だった人も、酒を飲まされるや、たちまち重病人になって、事の後先も分からない状態で倒《たお》れ伏《ふ》してしまいます。本当は、祝いの酒宴《しゅえん》だったはずなのに、病人を出してしまうとは、まことに、あきれたことではありませんか。

翌日は、二日酔《ふつかよ》いで頭が痛く、食事もできず、うめきながら寝《ね》ることになってしまいます。昨日《きのう》のことは、まるで前世《ぜんせ》のことのように覚えていません。公私ともに大事な予定があったはずなのに、何もできなくなり、周りの人に迷惑《めいわく》をかけてしまうのです。

他人を、こんなにひどい目に遭《あ》わせるとは、全く思いやりの心がありませんし、礼儀《れいぎ》にも背《そむ》いています。ひどい目に遭《あ》った人は、悔《くや》しい、腹立たしいとは思っていないのでしょうか。

酒を飲むと、恥《は》ずかしいことを平気でやるようになります。

思慮深《しりょぶか》く、奥《おく》ゆかしい人だなと思っていた人でも、酒を飲むと、大変わりします。分別もなく笑って、大いに騒《さわ》ぎ、服装を乱して、たわむれる姿は、ふだんのその人とは思えないくらいです。女性も、髪《かみ》をはらいのけ、恥《は》ずかしげもなく笑い、杯《さかずき》を持っている人の手に取りついたりします。

たしなみのない男は、酒の肴《さかな》をとって相手の口へ入れて食べさせようとしたり、そ

れをまた自分が食べたりして騒《さわ》ぎます。ありったけの声を出して、めいめい歌ったり、踊《おど》ったり、まあ、収拾がつかない状態になります。

中には、自分の自慢話《じまんばなし》を、偉《えら》そうに、とうとうとしゃべったり、酔《よ》っ払《ぱら》って泣きだしたりする人もあります。悪口を言い合ってけんかを始める者もありますし、実に、あきれ果ててしまいます。

恥《は》ずかしいことは、まだまだあるのです。酒宴《しゅえん》の帰り道に、馬や車から転げ落ちて、けがをする人もあります。

大通りをよろけて歩き、土塀《どべい》や門の下などに向かって、嘔吐《おうと》、放尿《ほうにょう》など、汚《きたな》いことを平気でしでかします。

年を取って袈裟《けさ》をかけている法師が、供の小僧《こぞう》の肩《かた》に手をかけて、よろよろ歩きながら、訳も分からないことを言い散らしているのは、とても恥《は》ずかしくて、見てはおれません。

こんなことを繰《く》り返《かえ》していて、現在世《げんざいせ》、未来世《みらいせ》に、何か、いいことがあるのでしょうか。そんなもの、あるはずがありません。

この世では、酒のために、失敗が多く、

財産を失い、病気を背負《せお》い込《こ》んでしまいます。酒は百薬の長であるといわれますが、全ての病気は酒から起こるといっていいくらいです。酒は憂《うれ》いを忘れさせるといいますが、酔《よ》っている人は、現在の憂《うれ》いだけでなく、過去のつらかったことまで思い出して泣くようです。

酒は、人の知恵《ちえ》をなくし、火のように善根《ぜんごん》（善《よ》い行い）を焼《や》き払《はら》ってしまいます。そのため悪い行いが増えますから、自業自得《じごうじとく》で、来世《らいせ》でも苦しみを受けることになるのです。

原文

此《こ》の世《よ》にあやまちおおく、たからをうしない、病をもうく。百薬の長とはいえど、万《よろず》の病は酒よりこそおこれ。

（第一七五段）

56

月の夜、雪の朝、桜の下で、ゆったり杯を交わしたいですね

❖第一七五段 その2

酒には、悪いところばかりでなく、よいところもあります。酒がなくてはならない時もあるのです。

月の夜、雪の朝、桜の下などで、ゆったりと話をしながら、杯《さかずき》を交《か》わすのは、とてもいいものです。酒があるからこそ、心が打ち解けますし、自然の美しさも、一層味わい深くなります。

なすこともない寂《さび》しい日に、思いがけなく友人がやってきた時に、酒を酌《く》

み交《か》わすのも、心がなごんで、いいものです。

冬、せまい所で、火で何かを煮詰《につ》めながら、仲睦《なかむつ》まじい者同士が、差し向かいで酒を飲むのは、まことに愉快《ゆかい》なものです。

旅の野山で、「おさかなは、何がいいかな」などと言って、芝《しば》の上で飲む酒も気持ちのいいものです。

酒をあまり飲めない人が、強く勧《すす》められて、少しだけ飲んでいるのも、その場を和らげて、とてもいい雰囲気《ふんいき》になります。

かねがね近づきたいと思っていた人と、一緒《いっしょ》に酒を飲むことによって、一気に親密になってしまうのもうれしいことです。

原文

月の夜、雪の朝《あした》、花のもとにても、心のどかに物語《ものがたり》して、さかずきいだしたる、万《よろず》の興《きょう》を添《そ》うるわざなり。（第一七五段）

57

名人と、素人の違いは、どこにあるのでしょうか

❖第一八五段

乗馬の名人と、素人《しろうと》の違《ちが》いは、どこにあるのでしょうか。

安達泰盛《あだちやすもり》は、並ぶ者のない優《すぐ》れた馬乗りでした。

馬を引き出させた時に、足をそろえて、敷居《しきい》を軽々と飛《と》び越《こ》えるのを見ると、

「これは、気の立っている馬だ」

と言って、鞍《くら》を他の馬に置《お》き換《か》えさせて、その馬に乗りませんでした。

また、馬が、足を伸《の》ばしたままで敷居《しきい》に当ててしまうと、

「これは鈍《にぶ》いから、必ず過ちをするだろう」

と言って乗らなかったということです。

名人であればあるほど、些細《ささい》なことにも神経を使い、そこから危険を見抜《みぬ》き、慎重《しんちょう》に対処します。素人《しろうと》は、危険を恐《おそ》れることもありません。ここが大きく違《ちが》うところです。

原文

道を知らざらん人、かばかりおそれなんや。（第一八五段）

58

名人から聞いた「めったに明かさぬ秘訣」

❖第一八六段

吉田《よしだ》という馬乗りの名人が、こんな秘訣《ひけつ》を教えてくれました。

「どの馬も強情《ごうじょう》なものです。人の力は、馬と張り合うことができないと、わきまえるべきです。

まず、自分の乗ろうとする馬をよく見て、強いところと、弱いところを知らなければなりません。次に、くつわや鞍《くら》などの馬具に、危ない所がないかと調べて、もし気にかかることがあれば、その馬を走らせてはなりません。

この用心を忘れないのを、本当の、馬乗りというのです。これは、めったに明かさぬ秘訣《ひけつ》です」

原文

この用意を忘れざるを馬乗《うまのり》とは申《もうす》なり。これ秘蔵のこと也《なり》、と申しき。（第一八六段）

59

一時の判断の誤りが、一生の後悔になります

❖第一八八段 その1

ある人が、親から、

「おまえは仏教で教える因果の道理をよく学び、多くの人に伝えるようにしなさい」

と言われたので、僧侶《そうりょ》になることに決めました。

そこで彼が、まず取り組んだのは、教えを学ぶことではなく、馬に乗る練習でした。なぜかというと、

「法事の時に、馬で迎《むか》えに来られたら、どうしよう。まともに乗れなかったら恥《は》ずかしいではないか。落馬したら大変だ」

と思ったからです。

さらに、歌の稽古《けいこ》にも励《はげ》みました。

「法事のあとで、酒が出るだろう。何も芸ができなかったら、招待してくれた人が興《きょう》ざめするに違《ちが》いない」

と、考えたからです。

乗馬と歌は、次第にうまくなっていきました。上達すればするほど、面白《おもしろ》くなっていきます。

しかし、本来の目的であった、仏教を学ぶ時間がないまま、年を取ってしまい、大いに後悔《こうかい》したのでした。

人生の終わりに悔《く》いを残すのは、この男だけではありません。ほとんどの人が、同じような失敗をします。

若い時には、出世したい、特技を身につけたい、学問をしたい……と、将来に大きな目標を掲《かか》げます。

しかし、何とか達成しようと思いながら、つい、「まだ若いから」「一生は長いから」

と思って気が緩《ゆる》んでしまうのです。目の前のことばかりに心を奪《うば》われ、のんびりとかまえているうちに、月日は、どんどん過ぎていきます。結局、何もかも中途半端《ちゅうとはんぱ》のまま、我が身は年老いてしまうのです。

いくら後悔《こうかい》しても、過ぎ去った日々は取り返すことができません。しかも肉体は、勢いよく坂を下っていく車輪のように、急速に衰《おとろ》えていくのです。

だから一生涯《いっしょうがい》のうちで、やり遂《と》げたいことが、たくさんあったとしても、その中で、どれがいちばん大事なのか、よく見極めなければなりません。死ぬまでに、「これさえ果たせば満足」といえるもの、そういう人生の目的をハッキリと心に定めて、そのこと一つに向かって努力すべきなのです。

もっと具体的に見てみましょう。

一日のうちに、やりたいこと、やるべきことがたくさんあると思います。

その中から、人生の目的を達成するために大切なものは何か、重要度の高いものから選んで取り組んでいくのです。

今からの一時間で何を優先して行うべきなのか、それを判断する時も、人生の目的を基準にして決めていくのです。

人生の目的を果たすために、どうでもいいものは、キッパリと捨てて、急ぐべきなのです。

やっぱり、あれもしたい、これもしたい、どちらも捨てられないと迷い、執着《しゅうちゃく》していると、人生の終わりに、大きな悔《く》いを残すことになります。


例えば碁《ご》を打つ人が、一手も無駄《むだ》にすることなく、相手に先んじて、利の少ない石を捨てて、利の多い石を取りにかかるようなものです。

その場合、三つの石を捨てて、十の石を取りにいくことは簡単にできます。

しかし、十の石を捨てて、十一の石を取りにいくことは、なかなかできることではありません。

たとえ差が一つであっても、利益の多いほうへ手を打つのが当然なのですが、捨てる石が十にもなると、惜《お》しく感じてしまい、なかなか交換《こうかん》できないのです。

これを捨てずに、あれも取ろうという欲ばった心に惑《まど》わされて、あれも取れず、これも失うという結果になるのは当然なことなのです。

また、京都に住んでいる人が、東山の人に用事があって、急いで会いに行ったとします。ところが、家の前に到着《とうちゃく》してから、「待てよ、この人よりも先に、西山の人に会ったほうが大きな利益がある」と気がつきました。

こんな時には、目の前の家には入らず、速やかに引き返して、反対側の西山へ向かうべきなのです。

それなのに、多くの人は、

「せっかくここまで来たのに、このまま引き返すのは残念だ。玄関《げんかん》に入って、用事を済ませてしまおう。西山へは、また次の機会に行けばいい」

と思ってしまいます。

このような、一時の判断の誤り、怠慢《たいまん》な姿勢が、そのまま、一生を後悔《こうかい》させる結果になるのです。自業自得《じごうじとく》といってはそれまでですが、とても恐《おそ》ろしいことなのです。

原文
一時の懈怠《けだい》、すなわち一生の懈怠《けだい》となる。是《これ》をおそるべし。
（第一八八段）

60

他人から、バカにされようと、笑われようと、恥じてはいけません

❖第一八八段 その2

唯一《ゆいいつ》の大事なことを、必ず成《な》し遂《と》げようと思うなら、それ以外のことが、うまくいかなくても、嘆《なげ》き悲《かな》しんではいけません。他人から、嘲《あざけ》られようと、笑われようと、恥《は》じてはいけません。全てのことと、引《ひ》き替《か》えにして打《う》ち込《こ》まなければ、一大事は達成できないのです。

次のような実話があります。

多くの人が集まる席で、和歌について話し合っていた時、ある人が、

「秋の季語に『ますほのすすき』とか、『まそほのすすき』という言葉がありますが、どこが違《ちが》うのか、どんなススキなのか、ハッキリ分かっている人がいませんん。ただ、摂津国《せっつのくに》の渡辺《わたなべ》に住んでいる上人《しょうにん》が、古来の説を伝授されているそうですよ」と言いました。

それを聞いた登蓮法師《とうれんほうし》が、急に、

「蓑《みの》と笠《かさ》を貸していただけませんか」

と言い出したのです。外は、雨が降っていました。

「どうするのですか」

「その、ススキのことを習いに、今から、摂津《せっつ》の渡辺《わたなべ》へ行ってきます」

居合わせた人たちは、皆《みな》、驚《おどろ》いて、

「それはあまりにもせっかちすぎる。雨がやんでからにしたらどうですか」

といさめました。

すると、登蓮法師《とうれんほうし》は、

「とんでもないことをおっしゃいますね。人間の命は、雨が晴れるまで待ってくれますか。私も死に、渡辺《わたなべ》の上人《しょうにん》も死んでしまったら、もう聞けなくなるのですよ」

と言って、駆《か》けだしていきました。そし

て念願かなって、渡辺《わたなべ》の上人《しょうにん》から習うことができたと伝えられています。

この心構えは、本当に素晴《すば》らしいと思います。

「何事も、機敏《きびん》に行えば、成功する」と、『論語《ろんご》』にも記されています。

ススキのことを知りたいと思ってさえ、このように機敏《きびん》に行動するのです。

まして、私たちは、それ以上の気持ちで、後生《ごしょう》の一大事《いちだいじ》の解決に向かうべきなのです。

原文

一事を必ずなさんと思わば、他のこと破るるをもいたむべからず。危険をも待《ま》つべからず。人のあざけりをも恥《は》ずべからず。万事にかえずしては一の大事なるべからず。

（第一八八段）

61

「確実に、こうだ」と言えるものは、どれだけあるでしょうか

❖第一八九段

「今日《きょう》は、これをしよう」と思っていても、思いがけない急用が起きて、ごたごたと一日が過ぎていくことがあります。

待っていた人は事情で来られなくなり、嫌《いや》な人がやってきたりします。

期待していたことはうまくいかず、当てにしていなかったことがうまくいったりします。

面倒《めんどう》なことになると覚悟《かくご》していたことが無事に済み、たやすく終わると思

っていたことが大変なことになって苦しんだりします。

このように、一日に起きることでさえ、私たちの思いどおりにはいきません。

まして、一年の間に起きることは、もっと予想できません。一生の間となると、もっともっと予想が困難です。

では、前もって予想していたことが、全て外《はず》れるのかというと、まれに外《はず》れないものもありますから、いよいよ「確実に、こうだ」と決めることができなくなります。

世の中のことは、定めがないのです。全て無常だと心得ることだけが真実であり、間違《まちが》いのない見方なのです。

原文
不定《ふじょう》と心えぬるのみまこと、まことにてたがわず。（第一八九段）

62

ある日、一頭の牛が役所の長官の席で、寝ていたのです……

❖第二〇六段

役所の中で、奇怪《きかい》な事件が起きたことがあります。なんと、検非違使《けびいし》の長官が座るべき席に、大きな牛が寝《ね》そべって、もぐもぐと、食べた物を反芻《はんすう》していたのです。

「こんなことは前代未聞《ぜんだいみもん》だ。何かの災いや凶事《きょうじ》の前触《まえぶ》れに違《ちが》いない」

「この牛を、すぐに陰陽師《おんみょうじ》の所へ連れていって、占《うらな》ってもらおう」

と、役所の中は大騒《おおさわ》ぎになりました。

そこへ太政大臣《だいじょうだいじん》が出てきて、

「牛には、善悪を分別する力はない。足があるのだから、どこへでも入ったり、登ったりするだろう。占《うらな》い師《し》の所へ連れていく必要はない」

と言ったので騒《さわ》ぎが静まりました。

すぐに牛は持ち主へ返し、牛が汚《よご》した畳《たたみ》は新しい物に取《と》り替《か》えられました。

その後、少しも凶事《きょうじ》は起きなかった、ということです。

昔から、「怪《あや》しいことを見ても、怪《あや》しいと思わなければ、怪《あや》しいことは起きない」といわれているとおりです。

原文

あやしみを見て、あやしまざる時は、あやしみかえりてやぶる、といえり。（第二〇六段）

63

たたりを恐れて建設工事が中断！ でも……、何も起きませんでした

❖第二〇七段

亀山《かめやま》の離宮《りきゅう》を建てようとして、敷地《しきち》を地慣《じな》らししたところ、大きな蛇《へび》が、数え切れないほど集まっている塚《つか》が見つかりました。

建設に関《かか》わっていた役人たちは、「この地の神に違《ちが》いない」と言って恐《おそ》れ、工事を中断してしまいました。

しかし、役所に牛が入った時に迷信を排斥《はいせき》した太政大臣《だいじょうだいじん》が、今回も、「蛇《へび》が、たたりをもたらすことなんか、あるはずがない。さっさと掘《ほ》り出《だ》し

て、捨ててしまいなさい」
と指示されました。
塚《つか》を崩《くず》して、蛇《へび》を大井川《おおいがわ》に流しましたが、その後、何のたたりもありませんでした。

原文
塚《つか》をくずして、蛇《くちなわ》をば大井川《おおいがわ》に流してんげり。さらにたたりなかりけり。
（第二〇七段）

64

わざとらしい作り話は、いやみに聞こえますよ

❖第二三一段

ある家で酒宴《しゅえん》が行われた時のことです。客人に向かって、

「素晴《すば》らしいコイが手に入りました。どなたか、料理してもらえませんか」

と呼びかけられました。

すると、料理人として有名だった別当入道《べっとうにゅうどう》が手をあげて、

「ちょうど今、百日間、コイを料理する修業をしているところです。一日として欠かすことができませんので、ぜひ、私に包丁を持たせてください」

と言い、見事にさばきました。

さすがは料理の名人、その場にぴったりの態度だったと評判になりました。

この話を伝え聞いた太政大臣《だいじょうだいじん》が、

「そんな言い方は、実に、嫌味《いやみ》に聞こえる。『料理する人がなければ、私にさせてください』と言えばいいのに、なぜ、『百日間、コイを料理する修業をしている』などと、わざとらしい作り話をするのだろうか」

と言ったそうです。まさに、同感です。

わざとらしい趣向《しゅこう》をかまえて面白《おもしろ》くするよりも、素直《すなお》で、さらりとしているほうが、よっぽどいいのです。

原文
大方、振舞《ふるまい》て興《きょう》あるよりも、興《きょう》なくてやすらかなるが、まさりたること也《なり》。（第二三一段）

65 これを守れば、あらゆる失敗がなくなります

❖第二三三段

あらゆる失敗をなくそうと思うならば、常に誠意をもって事に当たり、相手によって態度を変えず、礼儀正《れいぎただ》しく接することが大切です。

男も女も、老人も若者も、皆《みな》、そういう態度に心掛《こころが》けるのが最もよいのですが、特に若い人の言葉遣《ことばづか》いが礼儀正《れいぎただ》しいと、とても心が引かれ、いつまでも忘れられないものです。

あらゆる失敗は、自分がそのことに慣れているように振《ふ》る舞《ま》い、得意げな

態度をして、人を侮《あなど》り、軽んずることから起きるのです。

原文

よろずのとがは、なれたるさまに上手めき、所えたるけしきして、人をないがしろにするにあり。

（第二三三段）

66

この事実を、至急、皆さんの心に、とどめてほしい

❖第二四一段

満月の丸さは、いつまでも変わらないものではなく、すぐに欠けていきます。しかし、よほど気をつけて見ていないと、一晩のうちに、そんなに変わるとは思えないでしょう。同様に、病気が重くなると、少しも止まるひまがなく、刻々と悪化して、死へ近づいていくのです。

元気な時は、世の中の全てのものは、いつまでも変わることなく続くと思《おも》い込《こ》んでいます。自分の人生も、いつまでも平穏《へいおん》に暮らせるように信《しん》じ込《こ》ん

でいます。だから、まず、自分のやりたいことを成《な》し遂《と》げた後で、心静かに仏教を聞き求めようと考えているのです。
しかし、ひとたび病気になって死の入り口に立たされると、自分の人生に何一つ満足していないことが知らされ、嘆《なげ》かざるをえないのです。
今さら何を言っても始まらず、ただ長い年月の間、怠《おこた》っていたことを後悔《こうかい》するしかありません。
そして、今度もし病気が治って、命を取《と》り留《と》めたら、心を入《い》れ替《か》えて、あれもこれも、怠《なま》けずに、やり遂《と》げたいと誓《ちか》いを立てるのですが、たちまち病気が重くなり、取り乱して死んでしまうのです。

世の中には、このような人ばかりなのです。

この事実を、至急、皆《みな》さんの心に、とどめておいてもらいたいのです。

何かを成《な》し遂《と》げて、暇《ひま》ができたら仏教を聞こうとしていては、いつまでたっても聞けるものではありません。

幻《まぼろし》のような一生の中で、何を成《な》し遂《と》げたら幸せになれるのか、よくよく考えてもらいたいのです。

原文

望月《もちづき》のまどかなることは、しばらくも住せず、やがてかけぬ。心とどめぬ人は、一夜の中に、さまでかわるさまも見えぬにやあらん。（第二四一段）

最後にお茶をもう一杯

『徒然草』に込めた気持ちを、兼好さんに、とことん聞いてみましょう

兼好法師《けんこうほうし》の旧跡《きゅうせき》を訪ねて、京都を散策していた時のことです。

ある寺の扉《とびら》を開けると……。

急にまぶしい光があふれ、気づいたら、見晴らしのいい丘《おか》へ出ていました。質素な草庵《そうあん》が建っていて、中で一人の法師が、机に向かって何か書いているようです。近づいてみると「つれづれなるままに……」と読めました。

「もしかして、あなたは、兼好法師《けんこうほうし》？」

「いかにも、わしは兼好《けんこう》じゃが、何の用かな。いきなり他人の家を訪問するのはよくないと、書いておいたはずだがな（第一七〇段）」

あっ、やっぱり、七百年前にタイムスリップしてしまったようです。でも、これは絶好のチャンス。『徒然草《つれづれぐさ》』について、とことん尋《たず》ねてみましょう。

あなたは「自由人」ですか、「世捨て人」ですか

「道に迷って、ここへ来てしまいました。兼好《けんこう》さんが書いた『徒然草《つれづれぐさ》』は、七百年後にも、多くの人に愛読されていますよ」

「何、それはうれしいことを言ってくれるね……。とにかく珍《めずら》しい客人だ。お茶を出すから、まあ、そこに座りなさい」

「ありがとうございます。『徒然草《つれづれぐさ》』は名文ですね。すらすらと原稿《げんこう》を書けるのが、うらやましいです」

「とんでもない。わしが『徒然草《つれづれぐさ》』を全部書き終わるまで十年以上かかった

んだよ。何度、書き直したかしれない。ほら、机の周りを見てみなさい」

　くしゃくしゃに丸めた紙が散らかっています。広げてみると、線を引いて、書き直した跡《あと》がありました。

「やはり、苦労されているのですね」

「分かってくれるか……。それで、七百年後の人たちは、わしのことを、どう言っているんだね」

「はい、『自由人』と言って、あこがれている人が多いですよ」

「自由人か、なんか、いい感じだね」

「でも、学者や知識人の中には、『世捨て人』と言っている人もあります」

「何！　世捨て人だと！　とんでもない言いがかりだ。夢も希望も失った落後者のように言うとは、けしからん！」

「まあ、まあ、怒《おこ》らないでください。たしか『徒然草《つれづれぐさ》』には、悪口を言われ

ても気にするなと、書いてあったような……（第三八段）」

「そうだった、そうだった……。だけどな、人間は、死ぬまで煩悩《ぼんのう》はなくならないんだから、『怒《おこ》るな』というのは無理だよ。他人のことを、好き勝手に批評するのは、いつの時代も同じだね。そういう人間の心を見つめ、悔《く》いのない人生を送ってもらいたいと願って書いたのが『徒然草《つれづれぐさ》』なんだよ。説教調にならないように、ふわっと書いたつもりだが……」

「ぜひ、ふわっと書かれた真意を、お聞きしたいのです」

「よかろう、何でも話そうじゃないか」

なぜ、僧侶は嫌われるのですか

「兼好《けんこう》さん、あなたは、僧侶《そうりょ》なのに、なぜ、『徒然草《つれづれぐさ》』の第一段で『法師はど、人から嫌《いや》がられているものはない』と批判しているのですか」

「ちょっと考えてみたらいい。偉《えら》そうに振《ふ》る舞《ま》ったり、金や財を稼《かせ》いだり、葬式《そうしき》や法事ばかりしている坊《ぼう》さんを見て、尊い人だなと思うかな……。世間の人は、皆《みな》、嫌《きら》ってるよ」

「たしかに……」

「清少納言《せいしょうなごん》は、かの有名な『枕草子《まくらのそうし》』に、『僧侶《そうりょ》は、木の切《き》れっ端《ぱし》のような、つまらないものだと、人から思われていますよ』と書いている」

「辛辣《しんらつ》ですね……」

「ある高僧《こうそう》は、『真の僧侶《そうりょ》は、世間の名誉《めいよ》、地位、財産などを喜ばない。それらを追い求める僧侶《そうりょ》は、釈迦《しゃか》の教えに反している』と断言されている」

「じゃ、僧侶《そうりょ》の役割は、何でしょうか」

「釈迦《しゃか》の教えを、正しく伝えることだよ」

「だから兼好《けんこう》さんも、『徒然草《つれづれぐさ》』第四段に、『仏教を大事にする人は、奥《おく》ゆかしく、魅力的《みりょくてき》な人だ』と書かれているのですね。私たちが、教えを学ぶことが大切なのですね」

「そのとおりだ。わしも仏教を学んでおる。『徒然草《つれづれぐさ》』の根底には釈迦《しゃか》の教えがある。仏教を知らないと理解できないことがあるかもしれないね」

「抜苦与楽」って、何ですか

「では、仏教とは、何を教えたものなのですか」

「一言でいうと『**抜苦与楽**《ばっくよらく》』だよ」

「難しそう……」

「そんなことはない。『**抜苦**《ばっく》』とは苦しみを抜《ぬ》く、と読む。『**与楽**《よらく》』とは楽しみを与《あた》える、と読む。生きている私たちの苦しみを根本から抜《ぬ》き取《と》って、楽しみ、幸せを与《あた》えるのが仏教の目的なのだよ」

「えー、それが仏教？　誰《だれ》だって、苦しみたくない、楽になりたい、幸せになりたいと思って、毎日、頑張《がんば》っていますよ。私たちが生きる目的と、仏教の目的は、全く同じだということですか」

「そのとおり！　だから、仏教を聞くことが大事だと何度も書いたでしょ」

「兼好《けんこう》さんが、出家されたのも、幸せになりたいからですね」

「鎌倉時代《かまくらじだい》だから、わしには、出家という形が合っていた。あなたたちは、そんな形にこだわる必要はない。昔は、山の上で修行するのが仏教だと思われていた。それを、法然上人《ほうねんしょうにん》、親鸞聖人《しんらんしょうにん》が、山の下、つまり、普通《ふつう》の生活をしながら、全ての人が、仏教を聞けるようにしてくださった。ありがたいことだね」

兼好さんは、科学的精神にあふれている？

「七百年後の人たちは、兼好《けんこう》さんのことを、『科学的な精神の持ち主だ』と言って、驚《おどろ》いていますよ」

「何だね、その科学的というのは？」

「吉日《きつじつ》、凶日《きょうじつ》、善い日、悪い日という区別はないと、『徒然草《つれづれぐさ》』第九一段に、明快に書かれているからです。私が生きている平成の時代は、科学が発達しているのに、結婚式《けっこんしき》は大安を選び、葬式《そうしき》は仏滅《ぶつめつ》や友引を避《さ》ける人が、非常に多いのです。しかし、七百年も前の兼好《けんこう》さんは、キッパリと迷信を打ち破られています。驚《おどろ》きました」

「わしのほうが驚《おどろ》くよ。だって、あなたの時代から二千六百年も前に、釈迦《しゃか》は**『如来《にょらい》の法《ほう》のなかに吉日《きちにち》・良辰《りょうしん》をえらぶことなし』**（涅槃経《ねはんぎょう》）と説かれ、日の善悪を問題にするのは迷信だと教えられている。わしは、仏の教えに従っているだけだ。その科学というものは、かえって人間を馬鹿《ばか》にする働きがあるんじゃないの？」

人生は、独りぼっちの旅

「『徒然草《つれづれぐさ》』の第一二段に、『みんなと一緒《いっしょ》にいるのに、なぜ、独《ひと》りぼっちと感じるのか』と、詳《くわ》しく書かれていましたね。とても共感しました。心から話せる友、というのは、本当に、いないものですね」

「そこですよ。そこを、誤解する人がいる。『どうせ分かり合えないなら、独《ひと》りのほうがいい』とか、『他人は他人、自分は自分、互《たが》いに干渉《かんしょう》しないほうがいい』と受け取る人がいるんだよ。違《ちが》うんだよね。分かり合えないのが人間同士だと知らされたならば、次に何をすべきだろうか。お互《たが》いに歩み寄る努力をしないと、決して仲良くなれない。社会で生きていくには、仲良くする努力が大切なんだよ。そのことを聖徳太子《しょうとくたいし》は『**和《わ》するをもって貴《とうと》しとなす**』と教えられている」

「相手への思いやりが大切なのですね」

「それと同時に、人間は孤独《こどく》であり、独《ひと》りぼっちの存在であることを見つめたほうがいいよ。釈迦《しゃか》は、人生とは木枯《こが》らしの吹《ふ》く秋の夕暮れを独《ひと》りぼっちで旅をしているようなものだ、と教えられている」

「人生を旅に例える歌は多くありますが、お釈迦《しゃか》さまは、ちょっと深刻すぎませんか」

「事実はもっと深刻なんだよ。釈迦《しゃか》は『**独生独死《どくしょうどくし》、独去独来《どっこどくらい》**』と経典《きょうてん》に説かれている。私たちは、独《ひと》りで生まれてきたのだから、独《ひと》りで死んでいかなければならないという意味だ。これは、紛《まぎ》れもない事実なのだよ」

「事実、ですか……」

「自分には、親もいる、兄弟もいる、愛する人もいる、楽しい仲間もいる、だから独《ひと》りではないといっても、それは生きている間のことだ」

「生きている間だけとは……」

「もし、その中の誰《だれ》かが先に亡くなったら、どれほど苦しいだろうか……。一人との別れでさえ、耐《た》えられないほどつらいんだ。まして、自分が死ぬ時に、全員と同時に別れる苦しみは、どれほどだろうか……。大きな悲しみを抱《かか》えて、死出《しで》の山路《やまじ》を、独《ひと》りぼっちで行かなければならない日が、やがて必ず来るんだ。私たちの背後に確実に迫《せま》っている『死』を、仏教では『無常』といわれる」

「死」の話をすると、心が暗くなるの？

「そこなんです、兼好《けんこう》さん。仏教は、すぐに『死』を問題にしますよね。『死』と聞くと、心が暗くなるからイヤなんですよ」

「はたして、『死』の話をするから、心が暗くなるのかな？」

「違《ちが》うんですか」

「あなたの心が、暗いんだよ。あなたが、暗い心を抱《かか》えているんだ。死の話が耳に入ると、心の奥《おく》に隠《かく》れている暗い心が、ちらり、ちらりと見えてくるので、イヤな気持ちが起きてくるんだよ」

「暗い心……」

「人間にとって、一番の苦しみは死ぬことだ。死に直面すると、心が真っ暗になる。それは、死後は有《あ》るのか、無《な》いのか、どうなっているのか、さっぱり分からない心だ。この真っ暗な心をぶち破って、明るく楽しい絶対の幸福に救うのが仏教の目的なんだよ」

「仏教で、死や無常を見つめなさいと教えられるのは、暗い心を、明るい心に救うためなんですね」

「そのとおりじゃ。第五九段に書いたように、死は、すさまじい勢いで攻《せ》めてくる洪水《こうずい》や猛火《もうか》よりも速く私たちを襲《おそ》ってくる。第一五五段に書いたように、死は、人間の予想どおりに前から来るとは限らない。全く思ってもいないうちに背後から忍《しの》び寄《よ》ってくる。これほどの一大事はないのだ。これを仏教では、後生《ごしょう》の一大事《いちだいじ》という」

金や財産は、捨てるべきなのですか

「仏教を聞く時には、金や財産、地位、名誉《めいよ》を、捨てないといけないのですか。『徒然草《つれづれぐさ》』の中に、そんなこと、何回も書いてありましたね」

「それは、とんだ誤解だよ。北斗星《ほくとせい》まで届くほどの大金をためても幸せにはなれない、どんな名誉《めいよ》や地位を得ても喜びは長くは続かない、と優しく書いたつもりじゃがな……」

「そうですか、けっこう、きつい書き方だったと思いますよ」

「お金があっても幸せにはなれないが、お金がなければ生活できないじゃないか。生活できなかったら、一大事を解決するために仏教を聞くこともできないよ。この違《ちが》いを、分かってもらいたいんだよ」

「兼好《けんこう》さんは、三十代で出家した時に、全てを捨てたんでしょ」

「とんでもない。働いていた時にためたお金で、三千坪《つぼ》の土地を購入《こうにゅう》したんだ。それを農家の人に貸して米を作ってもらい、毎年、収入を得ている。そのような経済の基盤《きばん》を作っておいたから、各地の寺へ仏教を聞きに行ったり、旅行したりして、自由な活動ができるんだ。『徒然草《つれづれぐさ》』のような原稿《げんこう》を書くには、文章の感覚も磨《みが》かなければならない。そのために、和歌の勉強をしているよ。積極的に和歌を詠《よ》んで発表してきたので、選ばれて、勅撰和歌集《ちょくせんわかしゅう》に十首以上も載《の》ったんだよ。すごいだろう」

「へーぇ、兼好《けんこう》さんでも自慢《じまん》するんだ」

「失礼な……、第三八段で、『名誉《めいよ》と利益を求める心に振《ふ》り回《まわ》され、心が休まる時もなく、一生涯《いっしょうがい》、苦しみ続けるのは、実に愚《おろ》かなことです』と書いたのは、『捨てよ』とか『不要だ』という意味ではないと、言いたかっただけだよ」

『方丈記』や『歎異抄』も読みましたか

「日本の古典の中でも、鴨長明《かものちょうめい》の『方丈記《ほうじょうき》』、唯円《ゆいえん》の『歎異抄《たんにしょう》』、あなたの『徒然草《つれづれぐさ》』は特に有名で、ほぼ六十年間隔《かんかく》で成立していますね。兼好《けんこう》さんは、『方丈記《ほうじょうき》』や『歎異抄《たんにしょう》』も読まれたのですか」

「よく読んだよ。『方丈記《ほうじょうき》』の書き出し、『ゆく河の流れは絶えずして、しかも、もとの水にあらず……』は有名だね。長明《ちょうめい》さんは、わしと同じように、無常を見つめ、出家して、仏教を求めた人だ。『方丈記《ほうじょうき》』の最終章に、長明《ちょうめい》さんは、こう書いている」

意訳

思えば私の一生も、月が山《やま》の端《は》に沈《しず》もうとしているように、もう余命、いくばくもない。まもなく三途《さんず》の闇《やみ》に向かおうとしているのに、心は暗く、悶々《もんもん》とするばかりだ。静かな明け方、自分の心に問うてみた。長明《ちょうめい》よ、おまえは、一大事の解決のために仏教を求め、山に入ったはずではないか。それなのに、なぜ、心が晴れないのか……と。だが、私の心は、一言も答えなかった。ただ、南無阿弥陀仏《なむあみだぶつ》と、念仏が三回、わきおこっただけだった。

「ちょっと悲しい終わり方ですね」

「その点、『歎異抄《たんにしょう》』には、喜びがあふれているよ」

「明るいほうが好きです」

「わしが、第三九段に、法然上人《ほうねんしょうにん》の教えを書いたのを覚えているかな」

「はい、『こんな私でも救っていただけるのだろうか、と疑っている人でも、弥陀《みだ》の本願《ほんがん》を真剣《しんけん》に聞けば、阿弥陀仏《あみだぶつ》のお慈悲《じひ》によって疑い晴れて、必ず浄《じょう》土往生《どおうじょう》できる身に救ってくださされるのだよ』と教えられたんですね」

「おお、よく覚えていたな。法然上人《ほうねんしょうにん》の弟子が親鸞聖人《しんらんしょうにん》だ。その親鸞聖人《しんらんしょうにん》が言われたことを、弟子の唯円《ゆいえん》が書き留《かと》めたのが『歎異抄《たんにしょう》』なんだよ。ほればれする名文で書かれている」

「例えば……」

「『万《よろず》のこと皆《みな》もってそらごと・たわごと・真実《まこと》あることなし』と、厳しい無常の現実を指摘《してき》したうえで、救われた喜びが書かれている。三カ所挙げてみよう」

「弥陀《みだ》の誓願《せいがん》不思議に助けられまいらせて往生《おうじょう》をば遂《と》ぐるなり」と信じて「念仏申さん」と思いたつ心のおこるとき、すなわち摂取不捨《せっしゅふしゃ》の利益《りやく》にあずけしめたまうなり。（第一章）

意訳

〝すべての衆生《しゅじょう》を救う〟という、阿弥陀如来《あみだにょらい》の不思議な誓願《せいがん》に助けられ、疑いなく弥陀《みだ》の浄土《じょうど》へ往《ゆ》く身となり、念仏称《とな》えようと思いたつ心のおこるとき、摂《おさ》め取《と》って捨てられぬ絶対の幸福に生かされるのである。

善人なおもって往生《おうじょう》を遂《と》ぐ、いわんや悪人をや。（第三章）

意訳

善人でさえ浄土《じょうど》へ生まれることができる、ましてや悪人は、なおさらだ。

念仏者は無碍《むげ》の一道《いちどう》なり。（第七章）

意訳

弥陀《みだ》に救われ念仏する者は、一切が障《さわ》りにならぬ幸福者である。

「ありがとうございました。日本の古典で有名な『方丈記《ほうじょうき》』『歎異抄《たんにしょう》』『徒然草《つれづれぐさ》』には、共通したところがありますね。兼好《けんこう》さんのお話を聞くまでは、

『出家』とは、現実から逃避《とうひ》することだと誤解していました。
この世の無常、我が身の無常を、ごまかさずに、
前向きに見つめられているのですね」
「そのとおりだ。イヤなもの、怖《こわ》いものから目をそらして、
逃《に》げていては、本当の安心、満足を得ることはできないんだ。
前向きに生きて、悔《く》いのない人生にしたいね」

兼好《けんこう》さんの草庵《そうあん》は高台にあります。
窓から、京都の町並みを見渡《みわた》すと、多くの人が、
東へ西へ、南へ北へと急いでいます。昔も今も、
人間の姿は、少しも変わらないように思います。
みんな、どこへ向かっているのでしょうか。（終）

〈イラスト〉

黒澤　葵（くろさわ　あおい）

平成元年、兵庫県生まれ。
筑波大学芸術専門学群卒業。日本画専攻。
好きな漢詩は「勧酒」。お酒はまったく飲めない。
季節の移り変わりを楽しみながら
イラスト・マンガ制作をする日々。

〈写真提供〉　アマナイメージズ

原文は、大妻女子大学図書館蔵の古写本を基にしました。漢字や句読点、仮名遣いなどは、読みやすいように改めました。

〈著者略歴〉

木村 耕一（きむら　こういち）

昭和34年、富山県生まれ。
富山大学人文学部中退。
東京都在住。
エッセイスト。

著書
新装版『親のこころ』、『親のこころ２』、『親のこころ３』
新装版『こころの道』、新装版『こころの朝』
新装版『思いやりのこころ』
『人生の先達に学ぶ　まっすぐな生き方』
『こころに響く方丈記』、『こころきらきら枕草子』
『美しき鐘の声　平家物語』１～３など。

監修・原作
『マンガ 歴史人物に学ぶ
大人になるまでに身につけたい大切な心』１～５

こころ彩る徒然草
兼好さんと、お茶をいっぷく

平成29年(2017) ８月１日　第１刷発行
令和４年(2022) ７月22日　第25刷発行

著　者　木村　耕一
発行所　株式会社　１万年堂出版
〒101-0052　東京都千代田区神田小川町2-4-20-5F
電話　03-3518-2126
FAX　03-3518-2127
https://www.10000nen.com/

装幀・デザイン　遠藤 和美
印刷所　凸版印刷株式会社

 ISBN978-4-86626-027-3 C0095

風の前の塵のように、
不安な世の中だからこそ……

美しき鐘の声

平家物語【全3巻】

木村耕一 著　イラスト 黒澤葵

祇園精舎の鐘の声
諸行無常の響きあり

（読者から感動の声）

埼玉県　69歳・男性

なんと分かりやすい感情のこもった意訳なんでしょうか。古文の教科書などではわからない『平家物語』の真髄に触れた思いがします。

石川県　54歳・女性

本屋さんで手にとると、その場で読み始め、物語に入っていってしまい、気づいたら胸にだき、レジに向かっていました。言葉の選び方も、イラストも素敵。字も大きく読みやすい。

長編の『平家物語』が、3巻で楽しめる！

各巻サブタイトル
一 諸行無常の響きあり
二 春の夜の夢のごとし
三 風の前の塵に同じ

試し読みは
◀こちら

◎定価各1,760円（本体各1,600円＋税10%）四六判 上製　オールカラー

ISBN（一）978-4-86626-040-2　（二）978-4-86626-047-1　（三）978-4-86626-048-8

このコーナーで紹介する書籍は、**お近くの書店でお求めください。**書店にない場合、また、ご自宅へのお届けを希望される方は、下記へお電話ください。

フリーコール **0120-975-732**（通話無料）

1万年堂出版注文センター　平日・午前9時から午後6時　土曜・午前9時から12時

海辺暮らし
季節のごはんとおかず
飛田和緒
女子栄養大学出版部

はじめに

海辺の町に越してきて12年目。やっとここの暮らしにも慣れました。

最初は食材を手に入れることもままならず、どこに行けば新鮮な魚が買えるのか、
野菜は、肉は、豆腐と油揚げはどこがおいしいのかと、探しまわったり。

保存瓶ひとつ買うにも苦労していました。

今はボタンひとつで何もかもが手に入る時代になったけれど、
私はまだ自分の足で歩き、遠くへは車を走らせて、おいしいものを探すのが好き。

時間はかかるけれど、自分の目で見て選びたいのです。

子育てや仕事で時間がとれないときは、じっと我慢。多くを望まないことを覚えました。

海や山に囲まれて暮らして、季節の移り変わりがよくわかるようになりました。
空気のにおいや風、海の色、景色の濃淡に加えて、食材が季節を運んでくれます。
若い頃から旬のものを意識してきたつもりでしたけれど、
ここで暮らすようになり、それがもっと明確になってきたように思います。

普段の食材は、ほぼ地元の直売所や市場で買い物をします。

野菜は暖かな土地柄のおかげか、種類が豊富で、地元ならではのものや、めずらしい野菜が並ぶこともあります。市場には旬のものしか並ばないから、おのずと旬をはずれたものを食べることがなくなりました。

旬と旬の間に端境期があることも知りました。

例えば、春と夏の境にはキャベツと玉ねぎくらいしかなかったり、秋と冬の境は冬瓜ばかりがゴロゴロと転がっていたり。

買い物に出かけて、あらまぁ何もない、と呆然と立ちつくしたことが何度あったことか。


魚もそう。海が荒れていれば漁はなし。魚も並びません。

魚の旬も覚えてきて、なかでも毎年心待ちしているのはしらす漁の解禁です。

年末から3月までは、相模湾に鮎の稚魚が入ってくることから、しらすは禁漁。しらすと一緒に網にかかってしまうと、鮎が川に戻れなくなるからなのだそうです。

そのしらすが解禁になる前、2~3月にはわかめやひじきの漁があって、それが過ぎるとしらすの季節。漁師さんたちの暦も頭に入ってきました。

何年かかけてこの暮らしになじみ、なんとかやりくりして
「おいしい」へつなげてきたことが、また大切な宝になったとしみじみ思います。
そんな海辺暮らしを、一年通して撮影してもらい、一冊にまとめました。
季節ごとの行事ごはん、毎年欠かさず作り続けている保存食、手製の調味料、
地元の旬素材で作る毎日のおかずなどなど。
〝うちの暦は、日々の食卓から感じる〟。
そんな風になっていけたらうれしいです。

2017年 春
飛田和緒

もくじ

（よみもの）

この本の決まりごと

＊小さじ１＝５㎖、大さじ１＝15㎖、１カップ＝２００㎖です。

＊「塩」は自然塩、「オリーブオイル」はエキストラ・バージン・オリーブオイルを使用しました。
「油」は特に記載のない場合は、菜種油やサラダ油など好みのものを使用してください。

＊「だし汁」は特に記載のない場合、かつおだしや昆布だし、あごだしなど好みのものを使用してください。
水だしのとり方は↓ｐ１１５で紹介しています。

三月四日

春の海藻

この時季しか食べられない生の海藻類。
せっせとゆでては刻み、サラダにしたり、
納豆に混ぜたり、天ぷらにして食べています。

年が明け、養殖わかめの種つけが近所の漁港で始まると、もうすぐ春。2月の終わりごろからはわかめ漁の船が行き交い、大きな樽に真っ黒なわかめがいっぱい詰まって運ばれてきます。最盛期には、わかめを切り出し、さっとゆでて干したわかめのカーテンが漁港や浜辺にゆらゆら。切り出すときに出る、わかめの根元の「めかぶ」もまたごちそう。ぬるぬるしているから刻むのが大変だけれど、根気よく包丁で刻みます。

わかめの旬がほぼ終わるころ、ひじきが波打ち際に打ち上げられます。散歩をしていて、海岸線がやや黒くなってくると、ひじき漁の解禁。いっせいに小舟を出して、引き上げたひじきを、漁港に並んだ大鍋やドラム缶でゆで、天日に干す、が繰り返される春の日。このときにしか食べられないのが釜揚げひじきです。釜揚げ仕立てのふわふわのひじきは、海のそばに越してきてから初めて食べた味でした。まずは同じ時期に旬を迎える新玉ねぎと、サラダを作ります。ツナや梅干しなど味出しになるものを加え、ドレッシングであえるだけ。しっとり、ねっとりの口当たりは、乾燥ひじきで作るのとはまったくの別ものです。

春の終わりは天草。洗っては干すを繰り返し、酢を合わせた湯で煮て、天草を引き上げたあとの汁を冷やした寒天は、海藻の香りがぷんぷんして格別なおいしさです。

晩冬から晩春にかけて海藻づくしの海辺ですが、年々海藻暦にもずれが生じています。海水の温度差でわかめが全滅なんて年も。改めて自然の恵みを感じています。

［ひじき］

乾燥ひじきは、ひと袋まとめてもどしてしまいます。もどしておくと、みそ汁に入れたり、炒めものにしたり、すぐ使えて便利。保存袋に入れて、冷蔵庫で3〜4日間保存可能。

弱火でねっとりするまで炒めるのがおいしく作るコツ。ひじきは塩けのないものもあるので、味をみて足りなければ塩少々を加えてください。

ひじきのオイル煮

材料（作りやすい分量）

ひじき（もどしたもの）… 180g
にんにく（みじん切り）… 大1片分
オリーブオイル … 1/4カップ

作り方

1 ひじきは長ければキッチンばさみで食べやすく切る（a）。
2 フライパンににんにくとオリーブオイルを入れ、弱火にかける。香りが立ったら1を加え、10〜15分弱火で少しねっとりするくらいまで炒め煮にする。

＊冷蔵庫で1週間ほど保存可能。
＊そのまま食べてもおいしい／トーストしたパンにのせて／麺とあえて

a

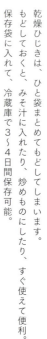

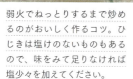

温めたバゲットにのせて

食べやすい厚さに切ったバゲットを軽くトーストして、ひじきのオイル煮を適量のせて。春限定のスナック感覚な一品。

アボカドとあえて

アボカド1個をさいの目に切って、ひじきのオイル煮1/3カップとレモン汁少々をあえるだけ。ねっとりが重なって美味。

ひじきと絹さやの白あえ

材料（2～3人分）

ひじき（もどしたもの）… 120g
絹さや … 15～16枚
絹ごし豆腐 … 300g
A | 白練りごま … 小さじ1
塩 … 小さじ1/4
薄口しょうゆ … 小さじ1/2

作り方

1 豆腐はキッチンペーパーで包み、軽く重しをして20～30分おき、しっかり水きりをする。
2 ひじきは熱湯でさっとゆで、ざるに上げて水けをきる。絹さやは塩少々（分量外）を加えた湯でゆで、斜め細切りにする。
3 すり鉢に*1*を入れ、めん棒でなめらかになるまであたる。Aを加えて混ぜ、*2*も加えてあえる。

白練りごま、薄口しょうゆ、塩で味つけした白あえ。ひじきからもうま味が出ます。

のりで巻いて

揚げて

磯の風味を感じる白あえは、のりで巻くとさらに磯感がアップしておいしい。四角く包むのは、ハワイのスーパーで見かけたのを真似してみたもの。これを油で揚げても美味！揚げるときは包むのではなく、のりではさむようにしたほうが香ばしさが増します。お弁当にもおすすめです。

お揚げのコクと鶏スープのやさしいだしをたっぷり含ませたひじきとゆで大豆を味わうお惣菜。ほっこり温まります。

ひじきの鶏スープ煮

材料（作りやすい分量）

ひじき（もどしたもの）… 300g
ゆで大豆 … 1カップ
にんじん … 1本
油揚げ … 1/2枚
鶏スープ（左記参照）… 2カップ
A 薄口しょうゆ … 大さじ1
　しょうゆ … 大さじ1

作り方

1 にんじんは大豆より小さいくらいの角切りに、油揚げも小さめの角切りにする。
2 ひじきは熱湯でさっとゆで、ざるに上げる。長ければキッチンばさみで食べやすく切る。
3 鍋に1、2、大豆、鶏スープを入れ、火にかける。ふたをして弱めの中～弱火で30分ほど煮込み、Aで調味し、冷ましながら味を含める。

＊途中、吹きこぼれそうになったらふたをずらすなどの工夫を。少なめのスープで炊いているため、ふたを取って煮ると焦げついてしまうので注意してください。

〔 鶏スープ 〕

材料と作り方（作りやすい分量）

1 鶏手羽先7～8本は水で洗って水けをふく。
2 鍋に1と水2ℓを入れ、火にかける。沸騰したら弱火にし、アクを取りながら20分ほど煮出す。

＊鶏手羽先を洗っておくひと手間で、臭みが抜けます。においが苦手な人は、臭み消しとしてねぎの青い部分などを加えても。

〔わかめ〕

干しわかめ（乾燥わかめ）も、ある程度まとめてもどしておくと便利。保存袋に入れ、冷蔵庫で保存すれば3～4日はもちます。生わかめは比較的やわらか、干しわかめはシャキシャキ感を楽しみたいときと、使い分けしています。生わかめは、ゆでていないものが売られている場合もあるので、その場合は袋の表示にしたがって、ゆでてから使ってください。

わかめときゅうりの酢のもの

材料（2人分）

干しわかめ（もどしたもの）… 60g
きゅうり … 1本
切り干し大根（もどしたもの）… 60g
塩 … ふたつまみ
すし酢 … 大さじ3

作り方

1 きゅうりは薄い小口切りにする。塩をふり、しんなりしたら水けを絞ってボウルに入れる。
2 わかめは食べやすく切る。切り干し大根はキッチンばさみで食べやすい長さに切る。
3 *1*のボウルに*2*とすし酢を加え、あえる。

わかめときゅうりの酢のものという、定番中の定番料理に、やわらかな味出しになる切り干し大根を加えます。

出会いものの生わかめと新玉ねぎで作る、春のサラダ。肉厚のわかめと玉ねぎの甘みにツナがコクを加えてくれます。

わかめと新玉ねぎのサラダ

材料（2人分）

生わかめ … 70g
新玉ねぎ … 1/4個
トマト … 1個
ツナ缶 … 40g
A ｜塩 … ふたつまみ
　｜ワインビネガー（白でも赤でもよい）
　｜　… 小さじ1
B ｜オリーブオイル … 大さじ1
　｜塩 … 小さじ1/4
　｜ワインビネガー（白でも赤でもよい）
　｜　… 小さじ1
　｜こしょう … 適量

作り方

1 新玉ねぎは薄切りにしてAをふってあえ、しんなりするまでおく。
2 わかめは洗って食べやすく切る。トマトはひと口大に切る。
3 ボウルに1、2、ツナ（缶汁ごと）、Bを合わせ、あえる。

わかめの豆乳ポタージュ

材料（3～4人分）

生わかめ … 120g
じゃがいも … 小1個
玉ねぎ … 1/4個
だし汁 … 2カップ
豆乳 … 1カップ
塩 … 小さじ1

作り方

1 じゃがいもは皮をむいて薄切りに、玉ねぎも薄切りにする。
2 わかめは洗って食べやすく切る。
3 鍋に*1*とだし汁を入れ、火にかける。じゃがいもがトロトロにくずれるくらいになったら*2*を加えて軽く煮る。
4 わかめが温まったら火を止め、粗熱をとる。ミキサーに移し、なめらかになるまで撹拌する。
5 *3*の鍋に戻し入れ、豆乳を加えて火にかける。温まったら塩で調味する。

じゃがいもと玉ねぎの甘みにわかめのトロトロ感と海の香り。豆乳がしっとりとまとめてくれる春のポタージュ。

いつもは切り落としてしまうわかめの茎を使ったレシピ。ここではわかめも加えていますが、茎だけで作ってもOK。お酒のつまみにも、ごはんのお供にも。

わかめの茎の油炒め

材料（作りやすい分量）

わかめの茎（切り落とした部分）、
　わかめ … 合わせて50g
ごま油 … 小さじ1
ナンプラー … 小さじ1
白いりごま … 適量

作り方

1 わかめの茎は細かく刻む。わかめも茎に揃えて細かめに切る。
2 フライパンにごま油を熱し、*1*を炒めてナンプラーで調味する。器に盛り、白ごまをふる。

〔めかぶ〕

春先にしか味わえない海のごちそう・めかぶは、ぬるぬるしていて刻みにくいのですが、フードプロセッサーにかけると味が落ちてしまうので、ここはがんばって包丁で刻みましょう。おいしさが違いますから。

〔めかぶの下処理〕

めかぶはさっと水洗いし、熱湯で鮮やかな緑色になるまでゆで、ざるに上げる。粗熱がとれたら細かく刻む（ぬるぬるしていてすべるので、注意しながら切ること。根元は特によくたたく）。

＊すぐに食べない場合は冷凍する。食べきれる分量ずつ小分けにし、冷凍庫で2週間保存可能。

めかぶと納豆のネバネバを合わせて。どんぶりごはんにのせて食べてもおいしい。

めかぶ納豆

材料と作り方（作りやすい分量）

刻んだめかぶと納豆を好みの量ずつ器に盛りつけ、しょうゆやポン酢しょうゆをたらし、混ぜて食べる。

春　ひな祭りの野菜ちらし

年中行事の中で一番心躍る、3月3日のひな祭り。いい年をして、と笑われそうですが、おひな様を飾るのもその日のごちそうも幼いころから好きなのですから、仕方ありません。年が明けるといつ人形を飾ろうかとスケジュール帳を開いては楽しみにしているのです。

5～6年前、お世話になっている目上の編集者の方から七段飾りの立派なおひな様を譲り受けました。自分とお嬢さんのものと、ふたつの七段飾りを屋根裏にしまいっぱなしだったそうで、あるときひとつ飾ったものの、また屋根裏にしまう気になれないと、私に声がかかりました。わが家にも娘のおひな様がありましたが、一段飾りだったので、思い切っていただくことに。七段飾りは想像以上に容量がありました。一人暮らしの引っ越しかと思うくらいの荷物がトラックで運ばれてきたときには、こんなにあるのかと呆然。まずは押入れを片づけ、なんとかわが家に収めました。普段、片づけは苦手ですが、こういうときはエネルギーがあふれるものです。

そしてひな祭りの1か月ほど前のお天気のよい日を選んで飾りました。完成図の写真を頼りに、夫と母と私の3人がかり。ああでもない、こうでもないと、飾り終わったときには夕飯の時間をとっくに過ぎていました。娘のお稽古事の時間も忘れて夢中になってしまい、後で娘にプールに行きたかったとブーブー言われ、大笑いしたのを思い出します。

七段飾りはやはり優雅で華やか。ますますひな祭りが楽しみでなりません。ただ私だけが盛り上がっていて、夫も娘もこの華やぎについてきてくれないのがさみしい限り。娘はまったくひな人形に興味がなく、人形を蹴散らして段々に登りたいという始末ですから、先が思いやられます。

ひな祭りの日はちらしずしと決めています。母が必ず作ってくれたおすしは、レシピを教わったわけではありませんが、何年もかけて、最近ようやく同じような味になってきたなと感じます。基本は野菜ずし。翌日も食べられるくらい、すし桶いっぱいに作ります。

作り方→p22

野菜ちらし

材料（5～6人分）

米 … 3合
すし酢 … 1/4～1/3カップ
昆布 … 5cm×1枚
［しいたけとかんぴょうの甘煮］
　干ししいたけ … 4枚
　かんぴょう … 50g
　ざらめ、しょうゆ … 各大さじ3
［れんこんの甘酢煮］
　れんこん … 約100g
　酢 … 適量
　砂糖 … 大さじ3～4
［錦糸卵］
　卵 … 4個
　砂糖 … 大さじ1
　油 … 少々
にんじん … 1/2本
絹さや … 8～10枚
青じそ … 1束
ちりめんじゃこ … 約1/2カップ
白いりごま … 大さじ2
もみのり … 適量

作り方

1 しいたけとかんぴょうの甘煮を作る。干ししいたけは2カップほどの水につけてもどし、半分に切ってから薄切りにする。かんぴょうはさっと水洗いし、塩少々（分量外）をまぶしてよくもむ。沸騰した湯でやわらかくなるまでゆで、食べやすく切る。
2 鍋に*1*のしいたけともどし汁、かんぴょうを入れ、ざらめとしょうゆを加えて火にかける。煮汁がほぼなくなるまで煮からめ、そのまま鍋中で冷ます。
3 れんこんの甘酢煮を作る。れんこんは薄いいちょう切りにし、5分ほど水にさらす。水けをきって鍋に入れ、ひたひたの酢を注ぎ、砂糖を加えて汁けがなくなるまで炒りつける。
4 にんじんは3cm長さの細切りにし、塩少々（分量外）を加えた湯でゆでる。
5 絹さやは筋を取ってから塩ゆでにし、せん切りにする。青じそもせん切りにする。
6 錦糸卵を作る。ボウルに卵を割りほぐし、砂糖を混ぜ合わせる。フライパンに油を熱し、卵液を薄く流し広げる。まわりがチリチリしてきたら菜箸でそっと返し、さっと焼いてまな板に取り出す。これを繰り返して薄焼き卵を作り、冷めたらせん切りにする。
7 米は洗って普段通りに水加減し、昆布をのせて炊く。炊き上がったら昆布を除き、すし酢を加え、さっくり混ぜ合わせる。昆布は細切りにする。
8 *7*のごはんに細切りにした昆布、じゃこ、白ごま、*2*、*3*、*4*を加えてさっくり混ぜ合わせる。
9 器に盛り、*5*、*6*、もみのりをあしらう。

しいたけとかんぴょうの甘煮、れんこん甘酢煮、錦糸卵とそれぞれ手間がかかりますが、それがこのおいしさのもとです。

はまぐりと菜の花の吸いもの

ひな祭りのときのお吸いものは、決まってはまぐり。季節の菜の花とともに昆布だしでやさしい味わいに仕上げます。

材料（2人分）

はまぐり … 大2個または小4個
菜の花 … 2本
昆布だし … 2カップ
塩、薄口しょうゆ … 各少々

作り方

1 菜の花はさっとゆで、食べやすい長さに切る。
2 鍋にだし汁とはまぐりを入れ、火にかける。はまぐりの口が開いたらとり出し、汁をこす。
3 *2*の煮汁を味見してから塩としょうゆで調味する。
4 椀に*2*のはまぐりと*1*を入れ、*3*を温めてから注ぎ入れる。

グリーンピースの白あえ

春先にふさわしい鮮やかな彩りのグリーンピース。ホクホクの味わいも見た目もかわいい、春らしい副菜です。

材料（2人分）

グリーンピース（さやつき）… 1/2カップ
絹ごし豆腐 … 1/2丁
A | 白練りごま … 小さじ1
　| 薄口しょうゆ、塩 … 各少々

作り方

1 豆腐はキッチンペーパーで包み、軽く重しをして20～30分おき、しっかり水きりをする。
2 グリーンピースはさやから実を出し、塩（分量外）を加えた湯で鮮やかな緑色になるまでゆで、そのままゆで汁につけておく。
3 *1*をすり鉢であたり、なめらかになったらAで調味する。
4 汁けをきった*2*を加えてあえる。

三月二十七日

たけのこ

しっかりとゆで、ゆで汁の中で充分に冷ます。
皮をむいてから水につけて、えぐみをとる。
これだけでたけのこは、おいしくなってくれます。

わが家のまわりでもたけのこがとれます。季節になると土地の持ち主さんから「掘っていいよ」と声がかかる。引っ越してきたばかりのころはめずらしくて、スコップやシャベルを持って出かけたものですが、最近はいただく一方。旬のときは玄関先にたけのこの山ができるほど届きます。

家族だけでは食べきれないので、友人に「掘りたてだよ」と届けていましたが、ある年からは大鍋でゆで、水煮にしたものを持っていくほうが喜ばれることに気がつきました。ゆでたてなら、いっそう歓迎されます。たけのこをゆでるのは簡単だけれど、時間がかかりますものね。しかも毎年その時期にしかやらないから、「どうやるんだったっけ?」となる。私も最初は、そのたびにノートを開いて確認していましたが、最近ではゆで加減や皮のむき方もさすがに体に染みついてきました。

かなり頑固なえぐみがあるたけのこに当たったときは、油で揚げて食べるのがオススメです。まず、ゆでてから春巻きの具にしたり、天ぷらや素揚げにしてあんをかけたり。油と合わせることで、えぐみがやわらぎ、気にならなくなります。試してみてください。

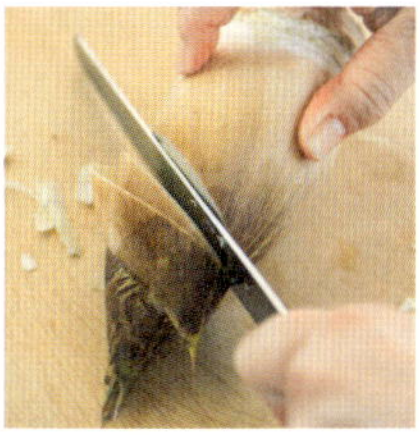
a

b

c

d

〔 たけのこのゆで方 〕

1 たけのこは上部を斜めに切り落とし(a)、下のほうの皮は何枚かむいて切り目を入れる(b)。

2 大きめの鍋に1とたっぷりの水、ぬかをひとつかみ入れ(c)、火にかける。沸いてきたら、水面が数か所ポコポコ沸くくらいの火加減にし、1時間〜1時間半、竹串がスッと通るまでゆでる。ゆで汁につけたまま半日〜1日おき、冷ます。

3 流水で洗いながら皮をむき(d)、水につけて冷蔵庫で半日〜1日おく。

＊毎日水をかえて、冷蔵庫で4〜5日間保存可能。

【たけのこごはんの献立】

たけのこごはん

材料（2～3人分）

米 … 2合
もち米 … ひとつかみ
ゆでたけのこ（→p25参照）… 120g
にんじん … 1/3本
油揚げ … 1/2枚
A｜薄口しょうゆ … 大さじ1と1/2
　｜塩 … 小さじ1/2

作り方

1 米ともち米は洗ってざるに上げる。
2 炊飯器の内釜に1を入れ、普段通りの水加減にし、30分ほど浸水させる。
3 たけのこは小さめの薄切り、にんじんは短めの細切り、油揚げは開いてから粗みじん切りにする。
4 2にAを加えて軽く混ぜ、3をのせて炊く。炊き上がったら充分に蒸らし、さっくりと混ぜる。器に盛り、木の芽（分量外）を添える。

たけのこのうま味に春にんじんの甘み、揚げのコク、もち米のもっちり感を加えた、うちの定番たけのこごはん。

信田巻き

肉や野菜、かまぼこなどをお揚げで巻いて煮る、関西地方の郷土料理。たけのこごはんに、よく合います。

材料（2～3人分）

油揚げ … 2枚
鶏ひき肉 … 100g
A　長ねぎ（みじん切り）… 1/3本分
　　しょうゆ … 小さじ1/4
　　塩 … ふたつまみ
　　片栗粉 … 小さじ1
ごぼう、にんじん … 各30g
だし汁 … 1と1/2カップ
B　薄口しょうゆ … 小さじ1と1/2
　　塩 … ふたつまみ

作り方

1. ボウルにひき肉とAを入れ、よく練り混ぜる。
2. 油揚げは正方形になるように包丁で開く。
3. ごぼう、にんじんは5mm角の棒状に切り、ゆでておく。
4. *1*の肉だねを2等分にし、*2*の手前2/3くらいに平らにのせ、*3*を半量ずつのせて端からきっちりと巻いてようじでとめる。残りも同様に巻く。
5. 鍋にだし汁を入れ、火にかける。煮立ったら*4*を並べ入れ、ふたをして弱めの中火で15分ほど煮る。Bを加えてさらに10分ほど煮て火を止め、そのまま粗熱がとれるまで冷まし、味を含ませる。
6. ようじをはずし、食べやすく切る。

ゆでたけのこと、出会いものの新わかめを合わせたお吸いもの。山と海、両方の春の味わいをどうぞ。

たけのこの吸いもの

材料（2人分）

ゆでたけのこ
　（→p25参照・穂先の部分）… 50g
わかめ（もどしたもの）… 20g
だし汁 … 2カップ
塩、薄口しょうゆ … 各少々

作り方

1. たけのことわかめは食べやすく切る。
2. 鍋にだし汁を入れ、火にかける。温まったら塩としょうゆで調味し、*1*を加えてさっと煮る。

春先になると真っ先に食べたくなる菜の花。酒でふいた昆布ではさんでひと晩おくだけで、春らしい副菜になります。

菜の花の昆布じめ

材料（作りやすい分量）

菜の花 … 1束
昆布 … 20cm×2枚
酒 … 適量
塩 … 少々

作り方

1. 菜の花は塩を加えた湯でさっとゆで、冷水にとってからざるに上げる。
2. 昆布は酒を含ませたキッチンペーパーで表面を軽くふく。
3. *1*の水けを絞り、*2*の昆布1枚の上に並べる。もう1枚の昆布ではさみ、ラップに包んで冷蔵庫でひと晩おく。

ゆでたけのこの木の芽あえ

木の芽をあたり、白みそや卵黄を加えたほろ苦いペーストをたけのこと合わせた、春の香りのあえもの。

材料（3～4人分）

ゆでたけのこ（→p25参照）… 200g
木の芽 … 5g
だし汁 … 適量
A ｜白みそ … 大さじ3
　｜だし汁 … 大さじ2
卵黄 … 1個分

作り方

1 たけのこは1cm角に切って鍋に入れ、かぶるくらいのだし汁を注いで火にかける。10分ほど煮て火を止め、そのまま粗熱がとれるまで煮汁の中で冷ます。
2 小鍋にAを入れ、火にかける。温まったら火からおろし、卵黄を加え、なめらかになるまで混ぜる。
3 木の芽は、すり鉢であたるか細かく刻む。
4 *1*のたけのこ、*2*、*3*をあえる。器に盛り、木の芽（分量外）を添える。

焼きたけのこの実山椒オイルがけ

しっかり焼き目をつけたたけのこに、さわやかな山椒とオリーブオイルのコクをからませた一品。お酒に合います。

材料（3～4人分）

ゆでたけのこ（→p25参照）… 120g
実山椒のしょうゆ漬け（→p38参照）… 小さじ2
オリーブオイル … 大さじ2

作り方

1 たけのこは食べやすい大きさの輪切りまたは半月切りにする。フライパン（またはグリルパン）に並べ入れ、両面に焼き目がつくまで焼く。
2 実山椒のしょうゆ漬けは刻み、オリーブオイルを加えて混ぜる。
3 器に*1*を盛り、*2*をかける。

四月 十二日

しらす

しらすはとにかくたっぷりのせること。しょうゆのほか、オリーブオイルやごま油をたらすと、コクが増します。

あそこがおいしい、ここが好き、と聞き
私もしらす屋さんめぐり。一軒一軒買っては食べ、
行き着いたのが、ここのしらすでした。

湘南しらす直売所 紋四郎丸
神奈川県横須賀市秋谷1-8-5
TEL 046-856-8625

横須賀の秋谷にあるしらす屋・紋四郎丸さんの大ファン。ここに引っ越してきてから、相模湾はしらす漁も盛んなのだと知りました。野菜直売所のお母さんたちに教えてもらったしらす屋さんをいろいろめぐり、行き着いたのが紋四郎丸さん。塩加減や干し加減が好みなのです。しらすは傷みやすいので、いっぺんにたくさん獲らず、獲れた分ずつ氷漬けにし、活きのいいうちに釜ゆでして干す。そしてまた漁に出る。たくさんしらすがいるとわかっていても、代々続くこの方法を守り、漁を続けるお父さん。この丁寧な漁の話を聞いて、ますます好きになりました。

　生しらすは冷水で何度か洗い、汚れを落としながらしめて、丼ごはんにたっぷりのせ、しょうゆとオリーブオイル、またはごま油をかけていただきます。ゆでたての熱々、ふわふわ食感の釜揚げしらすは、釜揚げのタイミングでお店に行かないと食べられない、贅沢なもの。それを生しらすとダブルでのせたごはんは、来客のときのおもてなしと決めています。

しらす丼

材料と作り方（1人分）

茶碗にごはんを好みの量よそい、ちぎった焼きのり適量を散らす。釜揚げしらすと生しらすを半々ずつ適量のせ、卵黄1個分を添える。しょうゆをかけて食べる。

炊きたてごはんにのせたり、
おにぎりに混ぜたり、麺にの
せてもおいしい万能常備菜。
この時期必ず作るものです。

じゃこ山椒

材料（作りやすい分量）

ちりめんじゃこ
（またはしらす干し）… 180g
A | 酒 … 1/2カップ
　 | みりん … 40mℓ
しょうゆ … 40mℓ
実山椒のしょうゆ漬け（→p38参照）
… 大さじ3

作り方

1 ちりめんじゃこは、さっと湯通しして塩けを抜く。
2 鍋にAを入れて火にかける。煮立ったら3～4分ふつふつさせてアルコールをとばす。しょうゆと実山椒のしょうゆ漬け、水けをきった1を加えて炒りつける。
3 汁けがなくなったら火を止め、手早くバットに広げ入れる（a）。うちわなどで手早くあおいで表面を乾かす。

＊密閉容器に入れ、冷蔵庫で約10日間保存可能。

a

五月 二十日

山椒

マンションから一軒家に移り住み、
すぐに植えた山椒の木。
初夏にその実を摘み、漬ける作業は、
私の小さな楽しみのひとつです。

小さな庭に、すぐに実のつくものを…と、引っ越ししてまず植えたのが山椒とレモン、ゆずの木でした。が、理想通りうまくいくものではありませんね。土が合わなかったのか、柑橘類は全滅。山椒だけがすくすくと育ち、毎年4月くらいから白く小さな花を咲かせ、ゴールデンウィークの終わりごろには実をつけるまでに成長しました。半カップほどですが、実がふくらんだ先から摘んでは、せっせと塩漬けやしょうゆ漬けに。収穫する喜びもありますし、保存食にして食べるのもまた味わい深いものです。

ある年、市販のもので作ってみたところ、実の感じがまったく違うことに気がつきました。自宅の実は下ゆでせずに塩やしょうゆに漬けるだけで大丈夫でしたが、市販品は新鮮なものでも流通の関係で日がたっていますし、冷蔵で運ばれるせいか、実がややかため。なので一度ゆでこぼし、アクも取って漬け込むことにしています。

1

2

3

4

5

〔 実山椒の塩漬け 〕

材料（作りやすい分量）

実山椒（生）… 100g
塩 … 10g（実山椒の重量の10％）

作り方

1 山椒は実を枝からはずし、水を張ったボウルに入れる。
2 鍋に湯を沸かし、1を7〜8分、指でつまんでつぶせるくらいまでゆでる。
3 ざるに上げてから30分ほど水につけ、アクを抜く。
4 再びざるに上げ、よく水をきってからさらしやキッチンペーパーで水けをふきとる。
5 煮沸消毒した瓶に4を入れ、塩を加えてふたをし、冷蔵庫で寝かせる。塩の粒が溶けて見えなくなったらでき上がり。

＊山椒が冷凍品の場合、すでに繊維がこわれているので、下ゆでせずにそのまま塩漬けにする。
＊水で洗って塩抜きしてから使うとよい。
＊冷蔵庫で1年ほど保存可能。
＊混ぜずしの薬味に／うなぎ料理に合わせて

カリッとソテーした豚肉に、油になじませた山椒の塩漬けがソースがわり。ごはんもお酒も進む、進む。

〔 実山椒の塩漬け 〕を使って

豚の山椒焼き

材料（2人分）

豚肩ロースとんかつ用肉 … 2枚
塩 … 少々
実山椒の塩漬け … 小さじ1/2
油 … 適量

作り方

1 豚肉は脂身と赤身の間に数か所包丁を入れて筋切りし、両面に軽く塩をふる。
2 実山椒の塩漬けは洗って好みの塩けになるまで水に浸してから、刻む。
3 フライパンに油を中火で熱し、豚肉を並べ入れる。片面を6～7割焼いたら裏返し、両面をこんがり焼く。
4 *2*を加えて油となじませてから豚肉を取り出し、切り分けて器に盛り、山椒をのせる。

〔 実山椒のしょうゆ漬け 〕

材料（作りやすい分量）

実山椒（生）… 100g
しょうゆ … 適量

作り方

1 「実山椒の塩漬け」の作り方 1 ～ 4（→p36参照）と同様に山椒の実をゆで、アクを抜く。
2 煮沸消毒した瓶に 1 を入れ、かぶるくらいまでしょうゆを注いでふたをし（a）、冷蔵庫で寝かせる。1週間後から使える。

＊冷蔵庫で1年ほど保存可能。
＊オリーブオイルと合わせてソースに（→p28参照）／混ぜごはんの薬味に／焼き魚や刺身の添えものに

a

実山椒のしょうゆ漬けさえ作っておけば、いつでも気軽に楽しめる大人味のつまみ。オリーブオイルがコクをプラス。

〔 実山椒のしょうゆ漬け 〕を使って

山椒のせ冷ややっこ

材料と作り方（1人分）

絹ごし豆腐1/2丁は器に盛り、実山椒のしょうゆ漬け少々をしょうゆごとかけ、オリーブオイル少々をたらす。

〔 実山椒のみそ漬け 〕を使って

チーズの山椒みそのせ

材料と作り方(作りやすい分量)

好みのチーズ適量に実山椒のみそ漬け少々をのせる(写真はプロセスチーズ)。

そのままなめても、生野菜にのせるだけでも酒の肴に。チーズはカマンベールなど白カビ系のものともよく合います。

〔 実山椒のみそ漬け 〕

材料(作りやすい分量)

実山椒(生)… 100g
みそ … 適量

作り方

1 「実山椒の塩漬け」の作り方 1 〜 4(→p36参照)と同様に山椒の実をゆで、アクを抜く。
2 煮沸消毒した瓶に 1 を入れ、かぶるくらいのみそを加えて軽く混ぜ合わせる(a)。ふたをし、冷蔵庫で寝かせる。1か月後くらいが頃合い。

*冷蔵庫で1年ほど保存可能。
*野菜スティックにつけて/炊きたてのごはんにのせて/焼きおにぎりにぬっても

a

五月三十一日

らっきょう

まずは塩水であら漬けし、それから好みで甘酢やしょうゆ漬けなどに。そのほうが味をしっかり含んでおいしい気がしています。

保存食を作るきっかけともなったらっきょう漬け。初めは2kgと今の私にしてはかなり少量からのスタートでした。そのファーストらっきょうがあまりにもおいしくて、あっという間に食べてしまったので、翌年からエスカレートし、多いときでは10kgくらい漬けていた年も。肉で巻いて焼く、焼いた肉の上に刻んでのせる、チャーハンの薬味に、みじん切りにし、刻んだゆで卵とマヨネーズと合わせてタルタルソースに。ドレッシングの薬味にも合います。たっぷり漬けてあるから、ただそのまま食べるだけでなく、料理の素材や調味料的な使い方もするようになり、らっきょうがないと成り立たない、わが家のレシピが増えました。

〔 塩らっきょう漬け 〕

材料（作りやすい分量）
らっきょう … 1kg
塩 … 100g
赤唐辛子 … 2本
酢 … 適量

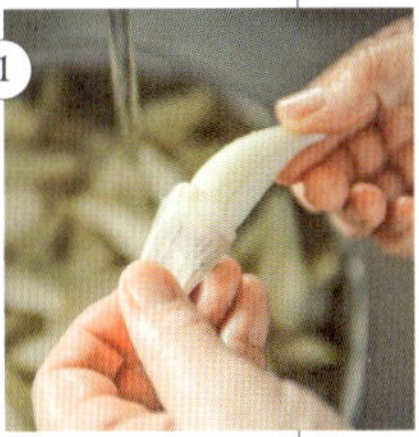

作り方
1 大きめのボウルに水を張ってらっきょうを入れ、水につけながらしわになっている薄皮をむく。
2 ざるに上げ、根元と先を切り落とす。
3 煮沸消毒した瓶に2を入れ、塩を加える。ふたをして軽く上下を返し、全体に塩をまぶす。
4 赤唐辛子を加え、容器の1/4ほどの高さまで酢を注ぎ、らっきょうがかぶるくらいまで水を注ぐ。ふたをし、風通しがよく、日が当たらない場所にそのまま10日ほどおく。

＊このまま食べる場合は味をみて、塩けが強ければ水に浸して塩抜きする。

〔 塩らっきょう漬け 〕を使って

甘酢漬け／ハーブ漬けに…

材料（2人分）
塩らっきょう漬け … 500g
A ｜水、酢、きび砂糖 … 各1/2カップ
赤唐辛子 … 1本

作り方
1 ボウルに汁けをきった塩らっきょう漬けを入れ、かぶるくらいの水を注ぐ。水を数回かえながら半日おいて塩抜きする。
2 小鍋にAを入れ、火にかけて砂糖を溶かし、そのまま冷ます。
3 1の水けをきり、キッチンペーパーで水けをふきとる。
4 煮沸消毒した瓶に3と赤唐辛子を入れ、2を注ぎ入れる。ふたをして冷暗所で1週間ほどおく。

＊冷蔵庫で1年間保存可能。

Aにローリエ1枚を加えれば、ハーブ漬けに。ローリエのほか、ディルやオレガノなど好みのハーブでどうぞ。

六月四日

梅しごと

6月初旬からはじまる梅しごと。
梅干しはもちろん、
梅みそや梅しょうゆなども
せっせと仕込みます。

〔梅干し〕

①

②

③

④

⑤

梅干しは、長い間母が作り続けてきたわが家の保存食のひとつで、私のレシピは母から受け継いだものです。塩のみで作るシンプルな梅干しは、市販のものよりやや塩分高めですが、調味料として使うときは、塩分も酸っぱさもしっかりとあることが大事。あえものや煮ものにも活躍してくれ、梅干しの種も味出しになるので、捨てずに使います。

梅と一緒に漬けた赤じそは、乾かして砕くとゆかりになるので、たっぷりもんで加えています。最近、わが家では、赤じそもみは娘の仕事になりました。

6月上旬

塩漬け

材料（作りやすい分量）

梅（黄熟したもの）… 2kg
粗塩 … 300g（梅の重量の15％）
ホワイトリカー（消毒用）… 適量

1 梅は手のひらでやさしくこすり洗いし、表面のうぶ毛を取る。水を張ったボウルに入れてひと晩おく。

2 清潔なさらしまたはキッチンペーパーでしっかりと水けをふく。

3 なり口に竹串をあて、梅をそっとまわして取る。

4 ホウロウの漬け物容器にホワイトリカーを吹きつけて消毒し、塩ひとつかみを敷く。梅と塩が層になるように交互に重ね入れ、塩がまんべんなく行き渡るようまぶす。

5 容器よりひとまわり小さい皿などを梅の上にのせて中ぶたにし、その上に重し（2kgの梅に対し、3倍くらいの重さ・6kg）をのせる。ふたをして冷暗所に4〜5日おき、梅酢が上がるのを待つ。

6月上旬～7月上旬

赤じそを漬ける

材料（作りやすい分量）
赤じそ … 500g
粗塩 … 100g

6

6 赤じそは葉を摘む。流水でよく洗い、ざるに広げて表面の水分が乾くまで陰干しにする。
大きなボウルに赤じそを入れ、塩を4～5回に分けて加えながらそのつどもむ（赤じそも数回に分けて入れると作業しやすい）。

7

7 にごったアク（汁）が出てきたらボウルの側面に赤じそをギュッと押し当てて水けを絞り、捨てる。これを2～3回繰り返す。

8

8 透明感のある汁が出てきたら5の梅酢を1/2カップほど加える。軽く混ぜると鮮やかなピンク色になるので、しそも合わせて軽くもみ、発色させる。

＊最近は赤じそが早めに出まわることも。早めに手に入ったら、この状態で保存袋に入れ、冷蔵庫または冷凍庫で保存しておきます。

9

9 赤じそを絞り、絞り汁を梅の容器に加えてなじませる。しそも広げ入れる。

10

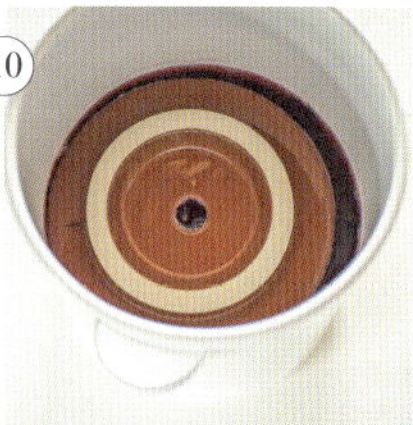

10 容器よりひとまわり小さい皿などをのせて中ぶたにし、その上に重し（塩漬けのときの重しの1/2程度の重さ・3kg）をのせる。ふたをして3週間ほど冷暗所におく。

11

12

7月下旬（梅雨明け後）

土用干し

11 梅がふっくらとし、ピンク色に染まったら、晴天が続きそうな日を見計らい、赤じそとともに重ならないようにざるに並べて3日間ほど干す（均一に乾くよう、途中、梅と赤じそを1〜2回裏返す）。しわが寄り、表面が白っぽく乾いたらでき上がり。梅酢は、ほこりが入らないよう清潔な布をかぶせ、梅と同様、3日間天日干しにする。

12 梅を梅酢に浸してから、煮沸消毒した保存容器に入れ、ひたひたよりやや少なめに梅酢を加える。冷暗所または、冷蔵庫で保存する。3か月ほどで味がなじむ。

＊干した赤じそは、ミキサーやすり鉢で細かくすると、ゆかりとして楽しめる。好みで梅と一緒に梅酢に浸して保存してもよい。

梅干し作りの合間に…

梅干し用の梅を数個取り分けて簡単な調味料を作りましょう。
いつもの料理に使えば、味わいもランクアップします。

a

〔 梅しょうゆ 〕

材料（作りやすい分量）

梅（黄熟したもの）… 2個
しょうゆ … 1カップ（容器に合わせて適量）

作り方

1 梅は水を張ったボウルの中でやさしくこすり洗いし、うぶ毛を取る。さらしまたはキッチンペーパーでしっかり水けをふき、竹串でなり口をはずす。
2 竹串で1の表面にまんべんなく穴をあける（a）。
3 清潔な容器に2を入れ、しょうゆをひたひたに注ぎ入れる。冷蔵庫で保存し、3週間後から使える。

＊冷蔵庫で半年ほど保存可能。
＊しょうゆのうま味に梅のさわやかな香りと味わいが加わった調味料。焼き魚や蒸し鶏、冷ややっこなどにも重宝します。焼きおにぎりにぬったりしても。梅は1〜2か月たったら取り出します。

a

〔 梅みそ 〕

材料（作りやすい分量）

梅（黄熟したもの）… 2個
信州みそ … 1カップ（230g）

作り方

1 梅は水を張ったボウルの中でやさしくこすり洗いし、うぶ毛を取る。さらしまたはキッチンペーパーで水けをふき、竹串でなり口をはずす。
2 竹串で1の表面にまんべんなく穴をあける。
3 清潔な容器にみそを半量ほど入れ、そこに2をギュッと押し込み（a）、上から残りのみそをかぶせ入れる。冷蔵庫で保存し、1か月後から使える。

＊冷蔵庫で1年ほど保存可能。
＊ほんのり梅味がプラスされたみそは、野菜スティックや焼いた肉、魚などにちょっとつけるだけでごちそうに。青梅で作ってもおいしいです。途中、梅がグズグズになったら種をはずし、フードプロセッサーで撹拌して果肉とみそを混ぜても。

いつものたれに梅干しの果肉を加えた、甘酸っぱいしょうが焼き。梅の酸味で食欲が増すおかずです。

豚肉の梅しょうが焼き

材料（2人分）

豚肩ロースしょうが焼き用肉 … 6枚
玉ねぎ … 1/2個
A　梅干し（種を除いてたたく）… 大さじ1
　　おろししょうが … 1かけ分
　　酒、しょうゆ … 各大さじ1と1/2
　　砂糖、みりん … 各小さじ1
片栗粉 … 適量
油 … 大さじ1

作り方

1 玉ねぎは1cm厚さの輪切りにする。Aは合わせておく。
2 フライパンに油を熱し、*1*の玉ねぎを並べ入れる。透き通ってくるまで両面を焼いたらいったん取り出す。
3 豚肉に片栗粉を薄くまぶし、*2*のフライパンに並べ入れて両面を焼く。色が変わったら*2*の玉ねぎを戻し入れ、Aをまわし入れてからめる。

豆腐とたたききゅうりの梅あえ

材料（2人分）

木綿豆腐 … 1/3丁
きゅうり … 3本
塩 … 小さじ1
A　梅干し（種を除いてたたく）… 小さじ1
　　ちりめんじゃこ … ひとつかみ
　　ごま油 … 小さじ2
白いりごま … 適量

作り方

1 きゅうりは塩をふって板ずりし、15分ほどおいてから塩を洗い流す。水けをふき、めん棒でひと口大にたたき割る。
2 豆腐はキッチンペーパーに包んで20分ほどおいて水きりし、ひと口大に割る。
3 Aをボウルに合わせ、*1*、*2*を加えてさっとあえる。
4 器に盛り、白ごまをふる。

梅干しの果肉にちりめんじゃことごまを加えた梅ペーストを豆腐ときゅうりにまとわせてさっぱりと。おつまみにも。

果肉を使ったあとの梅干しの種からもいい味が出るので、余さず使います。数個ためては夏の定番・梅つゆを作ります。

梅つゆそば

材料（2人分・梅つゆは作りやすい分量）

そば（乾燥）… 180～200g
長いも … 8cm
梅干し（種を除いてたたく）… 1個分

A
- 梅干しの種 … 5粒
- 昆布 … 10cm角のもの1枚
- かつお節（粗節）… ひとつかみ
- 水 … 1ℓ

B
- 薄口しょうゆ … 大さじ1
- 塩 … 小さじ1/2

作り方

1 鍋にAを入れ、火にかける。煮立ったら弱めの中火にして10分ほど煮出し、火を止める。粗熱がとれるまでそのままおき、ざるでこす。
2 味を見てBを適宜加え混ぜ（梅の味がしっかり出ていたらしょうゆだけでもよい）、冷蔵庫で冷やしておく。
3 長いもは皮をむき、4cm長さのせん切りにする。
4 鍋にたっぷりの湯を沸かし、そばをゆでる。ざるに上げ、流水でしっかり冷やしながら洗い、水けをきる。
5 器に4を盛り、3をのせる。まわりからそっと2を適量注ぎ入れ、たたいた梅干しをのせる。

〔 梅干しの種 〕を使って

れんこんと里いもの梅煮

材料（4～5人分）

れんこん … 大1/2節（約150g）
里いも … 小10個
梅干しの種 … 4～5個
だし汁 … 適量

作り方

1 れんこんは皮をむいて乱切りにする。里いもは皮をむく。
2 鍋に*1*と梅干しの種、かぶるくらいのだし汁を入れ、火にかける。煮立ったら弱めの中火にし、れんこんと里いもがやわらかくなるまで20～30分煮る（a）。

果肉だけを料理に使うことも多い梅干し。取り除いた種は捨てずに冷蔵保存しておきます。種のまわりに少し果肉が残っているくらいがちょうどよい。

秋冬の根野菜をだし汁と梅干しの種のみでひたすらコトコト。野菜の甘みと梅のうま味が、体の奥まで染み渡ります。

a

赤梅酢を使って作る自家製紅しょうが。麺にのせたり、混ぜずしに加えたり。そのままつまみや箸休めにもなります。

〔 梅酢 〕を使って

紅しょうが

材料（作りやすい分量）

新しょうが … 500g
赤梅酢 … 1/4～1/3カップ

作り方

1 新しょうがは皮の汚れているところをむき、スライサーで繊維に沿って薄切りにする。
2 鍋に湯を沸かし、*1*をさっとゆでてざるに上げ、広げて冷ます。
3 *2*をボウルに移し、梅酢を加えてよく混ぜる（a）。煮沸消毒した密閉容器に入れ、冷蔵庫で1週間ほど味をなじませる。

＊冷蔵庫で2か月ほど保存可能。

a

夏　テラスでバーベキュー

夏休みはお客様も多いので、バーベキューでおもてなしをしたいところですが、火をおこして、さぁはじめましょうという夕暮れどきに必ず風が強くなる。炭の火加減がやっと落ち着いたころだから、炭当番は悔しがる、悔しがる。そんなことが何度も何度も続いたので、夫は炭でのバーベキューを諦めました。そして、突然アメリカンな、ボンベつきのバーベキューコンロを購入。炭火の楽しみは小さな七輪でとなりました。

最初はこれって味気ないと文句を言っていた私ですが、今は結構気に入っています。何と言っても肉や魚さえあれば、すぐにバーベキューができるし、後片づけもラクチン。早くから炭おこしをしなくてもよくなり、風が吹く前にバーベキューをして飲んだり食べたりし、風が強くなってきたら部屋に入って飲み直す。海辺の生活も長くなってきて、自然のままに自分たちが合わせていくことを覚えました。ですから、夏のバーベキューは昼間から、または夕方の早い時間にスタート。肉のほかに、手でつまんで食べられる野菜の箸休めやごはんものを用意して、お酒飲みも飲まない人も、大人も子どもも楽しめる献立を考えるようにしています。

〔わが家のBBQソースいろいろ〕

a サルサソース

玉ねぎ1/4個、ピーマン1個、トマト2個をそれぞれみじん切りにし、合わせる。塩、こしょうを軽くふり、レモン1/2個分を搾って全体がなじんだらでき上がり。好みでタバスコを加えてもおいしい。

b ヨーグルトソース

プレーンヨーグルト3/4カップにおろしにんにく小さじ1/2とオリーブオイル大さじ3、塩小さじ1/2、あればクミン（パウダー）適量を混ぜ合わせる。粗みじん切りにしたきゅうりを合わせて、よりあっさりしたソースにしても。

c ねぎ塩だれ

長ねぎの白い部分1本分をみじん切りにし、塩小さじ1/4～1/3をふり、酢2～3滴、ごま油小さじ2を合わせる。

わが家の BBQルール

手でパクッと つまめる主食を用意

毎年漬けている梅干しと母から送られてくる精米したての米で、梅干しごはんを炊き、4等分に切ったのりではさんだだけのカンタン梅飯。米3合に対して梅1個。5合の場合は2個を目安に。

お肉の下ごしらえ

牛タン、ラム、カルビ、豚トロなどの肉類はバットに並べ、塩少々と黒こしょうをふっておく。ラムにはローズマリーまたはタイム、豚トロにはセージをのせて。

箸休めに 野菜の生春巻き

ライスペーパーをさっと水にくぐらせ、ぬれたキッチンペーパーの上におく。青じそ、ひげ根を取ったもやし、きゅうり(せん切り)、ミント、香菜などを好みでのせて巻く。手でつまんで食べられるから、BBQのときはサラダよりも生春巻きが便利。

七月十八日

なす、トマト、きゅうり

特大トマトはトマトソースに。
きゅうりは干したり、
生のままでボリボリと。
なすは揚げる、煮る、焼くなど、
毎日食べても飽きません。

干しプチトマト

材料と作り方（作りやすい分量）

プチトマト50個はよく洗ってヘタを取り、横半分に切る。種を取り、ざるに並べて軽く塩をふり、風通しのいいところで半日干す。くりぬいた種はドレッシング（→p57参照）などに加えたりして使う。捨てないように！

＊それぞれ密閉容器に入れ、冷蔵庫で3日間保存可能。
＊トーストに／パスタの具に／サラダやスープに

干しきゅうり

材料と作り方（作りやすい分量）

きゅうり3本は5mm幅の斜め切りにしてから5mm幅の細切りにする。ざるに並べて風通しのいいところで半日ほど干す。

＊密閉容器または保存袋に入れ、冷蔵庫で3日間保存可能。
＊カラリと干したいときはきゅうりの種を取ってから干しても。お好みでどうぞ。
＊あえものに／スープに／炒めものに

盛夏、野菜の直売所にはなす、トマト、きゅうりが山のように並びます。旬だから当然のことで、来る日も来る日もこればかり。農家の方たちは「半日おくだけで野菜が大きくなりすぎる」と言います。それくらい夏野菜は成長が早い。せっせと収穫しないと、皮が弾けたり形が悪くなったりして、売り物にならないのですって。直売所にはそんな不恰好な野菜が並ぶこともしばしば。特大トマトは10個、20個買っても、トマトソースにすると4〜5カップくらいにしかならないから、夏の間に何度も煮て、保存しておきます。プチトマトは干してドライトマトに。干すと甘みがさらに増して、デザートのようになるのです。娘は干しながらたまらずパクパクと口に放り込むので、あっという間になくなってしまうことも。

なすは揚げる、炒める、蒸す、焼く、生のまま…と調理方法で味わいが変わるので、毎日でも食べ飽きません。そのものの味が主張しないから、合わせる調味料でいろいろな味わいが楽しめるのもいいところ。煮ておけば常備菜にもなり、ペーストにしてパンにのせれば朝食やつまみにもなります。

きゅうりは新鮮なうちに生でボリボリとかじるのが好きだけれど、早どりの細くて小さいものは、切らずにそのまま炒めたり、ピクルス液に漬けたりします。逆に太く大きいものは切って皮をむき、炒めものや煮ものに。夫は、きゅうりは冷やして食べるものと言って好みませんが、皮や種を取って料理すると、きゅうりだと気づかずに、おいしいと言ってくれます。

旬の元気なトマトとにんにく、
オリーブオイルだけ。究極の
シンプルトマトソース。

a

b

〔 がんばらないトマトソース 〕

材料（作りやすい分量）

トマト … 1.2kg（約9個）
にんにく … 大1片
オリーブオイル … 大さじ3
塩 … 小さじ1/2

作り方

1 トマトはざく切りに、にんにくは芽を除いてみじん切りにする。
2 鍋にオリーブオイルとにんにくを入れ、弱めの中火で炒める。いい香りがしてきたらトマトを加え、ふたをして中火で20分ほど煮る（a）。ふたを取り、さらに半量くらいになるまで煮詰め、塩で味をととのえる（b）。

＊冷蔵庫で4～5日間保存可能。長期保存する場合はファスナーつきの保存袋に入れ、冷凍する。

残ったバゲットにトマトソースをからめて、しみしみさせた簡単おつまみ。チーズやハムを添えてワインとどうぞ！

〔がんばらないトマトソース〕を使って

バゲットに合わせて

材料と作り方（作りやすい分量）

1 鍋にバゲット10cm分をちぎって入れ、トマトソース1/3カップを加えて中火にかけ、温めながらからませる。
2 器に盛り、好みでチーズや生ハムを添える。

夏野菜の焼きうどん

材料（2人分）

きゅうり … 1本
なす … 1本
トマト … 小2個
みょうが … 2個
うどん（冷凍）… 2玉
A 塩 … 小さじ1/4
　ナンプラー … 小さじ1
油 … 適量
かつお節 … 適量

作り方

1 きゅうり、なす、みょうがは縦半分に切ってから5mm厚さの斜め切りにする。なすは水にさらしてからざるに上げ、水けをきる。トマトは6等分のくし形に切る。
2 うどんは熱湯でさっとゆで、ざるに上げておく。
3 フライパンに油を熱し、なすを炒める。しんなりしたらきゅうりと2を順に加え、そのつど炒め合わせる。全体が合わさったらAとみょうがを順に加えてざっと炒め、最後にトマトを加えてさっと炒める。
4 器に盛り、かつお節をのせる。

トマト、きゅうり、なすに、みょうがを加え、塩とナンプラーで味つけ。夏のさっぱり、あっさり焼きうどん。

干して甘みを増したプチトマトにトマトの種と玉ねぎのドレッシングをかけて。パスタとあえたり、パンにのせても。

干しプチトマトのサラダ

材料（2〜3人分・ドレッシングは作りやすい分量）

干しプチトマト（→p53参照）
　… 12〜13個分
トマトの種（→p53参照）… 3/4カップ
玉ねぎ … 1/2個
塩 … 小さじ1/2
黒こしょう … 適量
白ワインビネガー … 小さじ1
オリーブオイル … 大さじ3

作り方

1 玉ねぎはみじん切りにする。ボウルに入れ、塩ひとつまみ（分量外）を加えてしばらくおく。

2 *1*の水けを絞り、トマトの種、塩、こしょう、ワインビネガーを加えて混ぜ、最後にオリーブオイルを加えてよく混ぜる。

3 器に干しプチトマトを並べ、*2*をかけて、あればバジル（分量外）を添える。

夏のぷっくり太ったなすを素揚げし、自家製のめんつゆをかけるだけのラクチンメニュー。肉厚なすを楽しむ一品です。

なすの揚げだし

材料（2～3人分）

なす … 3本
細ねぎ（小口切り）、しょうが（せん切り）
… 各適量
めんつゆ（左記参照） … 1/2カップ
揚げ油 … 適量

作り方

1 なすは3cm幅に切り、水にさらしてからしっかり水けをふきとる。
2 170～180℃に熱した油に*1*を入れ、切り口がうっすら茶色く色づくまで素揚げする。
3 *2*の油をきって器に盛り、めんつゆをそっと注いでねぎとしょうがをあしらう。

〔 めんつゆの素 〕

材料と作り方（作りやすい分量）

小鍋にみりん1/2カップを入れ、火にかけてアルコールをとばす。火を止めてからしょうゆ1/2カップを加える。

＊粗熱がとれたら密閉容器に入れ、冷蔵庫で2～3週間保存可能。
＊めんつゆとして使う際には、だし汁で好みの加減に薄める。

肉はちょっと…という日には、
なすでしょうが焼き。コクは
あるけれどあっさりで、麺に
もごはんにもよく合います。

なすのしょうが焼き

材料(2人分)

なす … 3本
片栗粉 … 適量
A | めんつゆ(→p58参照) … 大さじ2
　| 水 … 大さじ1
　| おろししょうが … 少々
油 … 大さじ2

作り方

1 なすは縦3～4等分に切って水にさらしてからしっかり水けをふき、表面に片栗粉をまぶす。

2 フライパンに油を熱し、*1*を並べ入れる。焼き目がついたら裏返し、もう片面も焼いて取り出す。

3 同じフライパンにAを加え、弱めの中火にかけてふつふつとしてきたら*2*を戻し入れてからめる。

干しきゅうりと切り干し大根のサラダ

材料（3～4人分）

干しきゅうり（→p53参照）… 3本分
切り干し大根（→p119参照）… 30g
A | 酢 … 小さじ2
　| ナンプラー … 小さじ2～3
　| レモン汁 … 1/4個分
香菜（刻む）… 1株分

作り方

1 切り干し大根は水でもどして水けを絞り、食べやすく切る。
2 ボウルに干しきゅうりと1を入れ、Aを加えてよく混ぜ合わせる。
3 器に盛り、香菜をのせる。

きゅうりと大根、2種類の干し野菜の食感が小気味よい、さわやかな味わいのサラダ。香菜はたっぷりめがおすすめです。

夏の湯豆腐

材料（2人分）

きゅうり … 1本
絹ごし豆腐 … 1丁
かつおだし … 2カップ
実山椒の塩漬け（→p36参照）
　… 大さじ1

作り方

1 実山椒の塩漬けは水に15分ほどつけて塩抜きをする。きゅうりはピーラーで縦に薄く削ぐ。豆腐は大きめに切る。

2 鍋にだし汁を入れ、火にかける。沸騰したら1の山椒の水けをきって加え、再び煮立ったらきゅうりと豆腐を加えてさっと煮、火を止める。実山椒、汁とともに食べる。

味つけはかつおだしと実山椒の塩漬けのみ。ほんのりした塩けが夏の疲れた胃袋にやさしくゆっくりと染み渡ります。

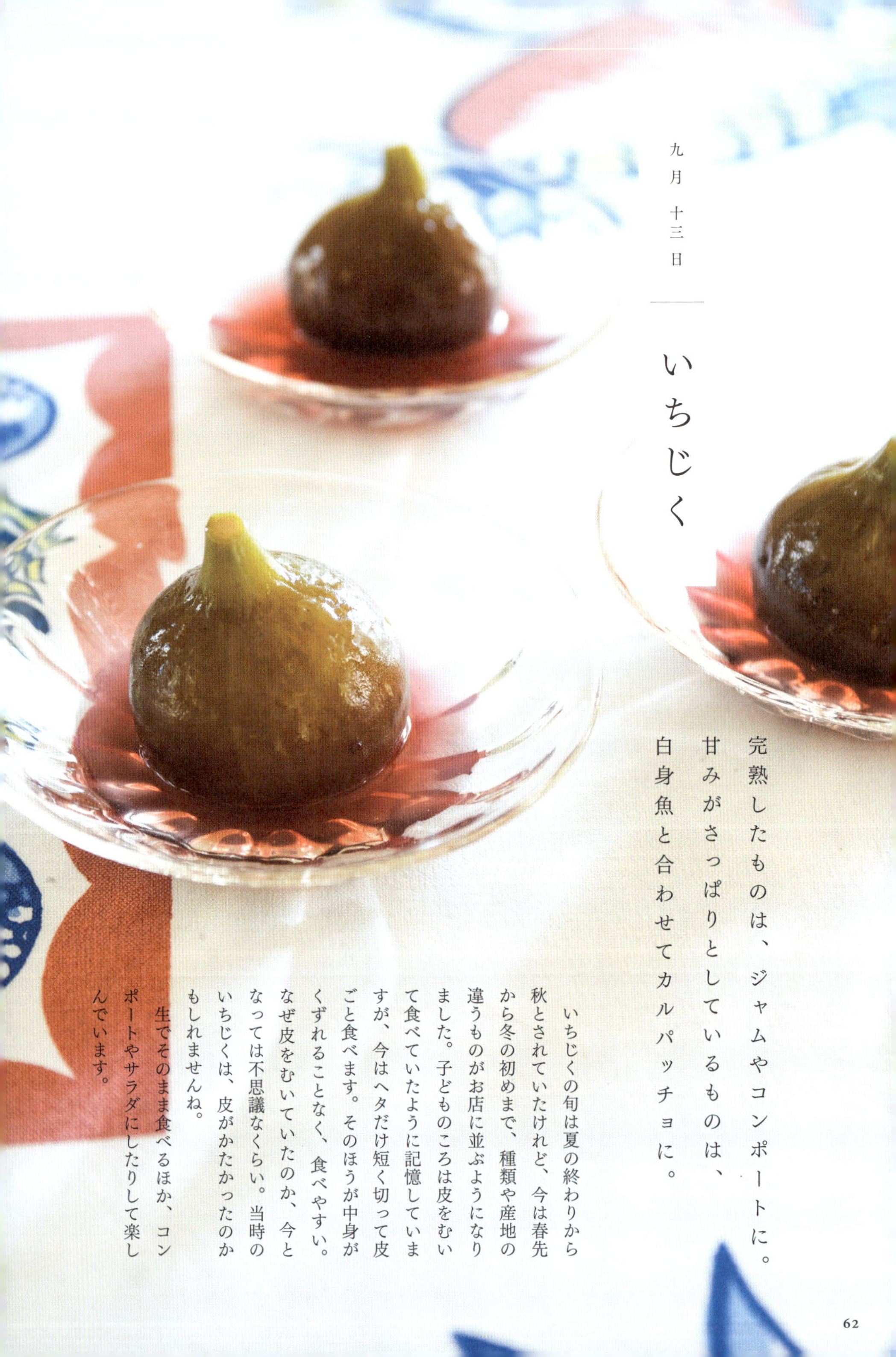

九月十三日

いちじく

完熟したものは、ジャムやコンポートに。
甘みがさっぱりとしているものは、
白身魚と合わせてカルパッチョに。

いちじくの旬は夏の終わりから秋とされていたけれど、今は春先から冬の初めまで、種類や産地の違うものがお店に並ぶようになりました。子どものころは皮をむいて食べていたように記憶していますが、今はヘタだけ短く切って皮ごと食べます。そのほうが中身がくずれることなく、食べやすい。なぜ皮をむいていたのか、今となっては不思議なくらい。当時のいちじくは、皮がかたかったのかもしれませんね。

生でそのまま食べるほか、コンポートやサラダにしたりして楽しんでいます。

［いちじくのコンポート］を使って

・飴がけにして

いちじくのコンポートは4等分に切って器に盛る。鍋に砂糖適量を入れ、火にかける。溶けてきたら鍋をゆすりながら焦がし、熱々のうちにスプーンですくっていちじくにまわしかける。

いちじくのコンポート

材料（作りやすい分量）

いちじく … 500g

A ｜赤ワイン（または白ワイン） … 1/2カップ
｜砂糖 … 80g

作り方

1 いちじくは皮ごとよく洗い、竹串でところどころ穴をあける。

2 鍋にAを入れ、1を重ならないように並べ入れる。紙の落としぶたをして、煮立たないくらいのごく弱火で15分ほど煮る。

＊密閉容器に入れ、冷蔵庫で4～5日間保存可能。

そのまま食べても、またはアイスクリームやマスカルポーネチーズ、少し塩けのあるチーズと一緒に食べてもおいしい。

白身魚といちじくのカルパッチョ

材料（2人分）

いちじく … 2個

白身魚（鯛など刺身用） … 60g

A ｜マヨネーズ … 大さじ1
｜しょうゆ … 小さじ1/4
｜おろしにんにく … 少々
｜オリーブオイル … 小さじ1

作り方

1 いちじくは皮つきのまま8等分のくし形に切る。白身魚は薄いそぎ切りにする。Aは混ぜ合わせる。

2 器にいちじくと白身魚を盛り合わせ、Aのたれをちょこんとのせる。

いちじくは種の部分が赤くてきれいなので、盛りつけたとき、見た目がパッと華やかになるのもいいのです。

九月二十七日

きのこ

風が秋に変わったら、香りのいい
きのこ類がおいしくなるとき。
この時季は、きのこをたっぷり使った
常備菜作りをするのが楽しみです。

実家のある長野では、秋になると野性味あふれるきのこが出まわります。長野に住んでいた高校生のころは、腰に鈴をぶら下げて、父や母とともに森へきのこ狩りに駆り出されたこともありました。

ですが、自然のきのこを見つけるのはそんなに簡単なことではありません。まったく目が慣れずにひとつも見つけることができなかった日もありました。私の後ろをきのこ名人が歩くと、あそこにもここにもとおもしろいようにきのこがあるのに、私にはまったく見えず、情けなかったことを、この季節になるとふと思い出します。

普段、私たちが手に入れることのできるしいたけやしめじは、ほぼ栽培ものなので通年出まわっています。管理された部屋で栽培しているから、季節によっておいしさが変わることがないし、特に旬はないのだそうです。でも、昔からの習慣からなのか、きのこの食べ方や味つけ、風味が秋冬の気候に合うからなのか、この季節になると、無性に食べたくなるから不思議なものです。

〔 塩きのこ 〕

材料（でき上がり約3カップ分）

きのこ（しいたけ、しめじ、
　エリンギ、えのきたけなど）… 合わせて700g
塩 … 小さじ2

作り方

1 きのこは石づきを落とし、やや大きめのひと口大に切る。
2 鍋にたっぷりの湯を沸かし、1を加える。再び煮立ったらひと呼吸おいてから火を止め、ざるに上げる。
3 ボウルに2を入れ、塩を加えてざっと混ぜる。

＊粗熱がとれたら密閉容器に入れ、冷蔵庫で4～5日間保存可能。
＊汁ものや鍋ものに／肉料理や焼き魚に添えて／クリームチーズやサワークリームとあえて

塩きのこの小鍋

材料（2人分）

塩きのこ … 1カップ
絹ごし豆腐 … 1丁
だし汁 … 2カップ

作り方

1 豆腐は食べやすい大きさに切る。塩きのこは軽く汁けをきる。
2 土鍋にだし汁を入れ、火にかける。煮立ったら1を加えてひと煮し、味をみて塩きのこの汁でととのえる。煮えばなを取り分けて食べる。

仕込んでおいた塩きのこにだし汁と豆腐を足すだけ。一人鍋でも、これなら簡単にできて、便利です。

塩きのこのおろしあえ

材料（2人分）

塩きのこ … 1/2カップ
大根おろし … 5cm分
ゆずの皮（せん切り）… 適量

作り方

1 大根おろしは軽く汁けを絞る。
2 塩きのこと*1*をざっと混ぜ、器に盛ってゆずの皮をあしらう。

秋を堪能するきのこのつまみ。大根おろしとあえてゆず皮をのせれば完成。熱燗で、白ワインで。おそばとあえても。

塩きのこは、ごちそう作りにもお役立ち。鶏もも、長ねぎ、たけのこ、さつまいもとともに、もち米に合わせて。

塩きのこ入り中華ちまき

材料（8〜10個分）

塩きのこ … 1カップ
鶏もも肉 … 1/2枚（約100g）
しょうが（みじん切り）… 大さじ1
長ねぎ（みじん切り）… 1本分
たけのこ（水煮）… 100g
さつまいも … 100g
もち米 … 3合
A │酒 … 1/3カップ
　│しょうゆ … 大さじ1
　│オイスターソース … 大さじ5
太白ごま油 … 大さじ2

作り方

1 鶏肉は余分な脂を取り除き、1〜2cm角に切る。さつまいもはよく洗い、皮つきのまま1〜2cm角に切って水にさらす。たけのこも同様に切る。もち米は洗ってざるに上げておく。
2 鍋にごま油、しょうが、鶏肉、長ねぎを入れ、中火で炒める。たけのこ、さつまいも、もち米を順に加え、炒めながら油をからめる。全体に油がまわったら水2と1/2カップとAを加えて混ぜる。
3 汁けがなくなってきたら、塩きのこの汁けをきって加え、混ぜ合わせる。
4 *3*を竹の皮に適量ずつ包んでタコ糸でしばり、蒸気の上がった蒸し器に並べ入れ、30〜40分蒸す。

〔 きのこのオイル煮 〕

材料(でき上がり約4カップ分)

きのこ(しいたけ、しめじ、
　エリンギ、えのきたけなど)
　… 合わせて700g
にんにく(つぶす) … 1片
ケッパー … 35g
グリーンオリーブ … 10～12個
アンチョビ(フィレ) … 80g
菜種油 … 1カップ

作り方

1 きのこは石づきを落とし、やや大きめのひと口大に切る。オリーブは種を除いて粗く刻む。
2 厚手の鍋に1と残りの材料をすべて入れ、ふたをして弱めの中火で15～20分、吹きこぼれないよう注意しながら煮る。

＊粗熱がとれたら密閉容器に入れ、冷蔵庫で4～5日間保存可能。
＊パンにのせて／パスタとあえて／葉野菜とあえてサラダに／ソテーした魚や肉、ゆで野菜に添えて

粉ふきいも＋きのこのオイル煮でボリュームサラダに。オイル煮のケッパーやアンチョビの味わいが効いています。

きのこのオイル煮とじゃがいものサラダ

材料(2人分)

きのこのオイル煮 … 2/3カップ
じゃがいも … 2個
パセリ(みじん切り) … 適量

作り方

1 じゃがいもは皮をむき、ひと口大の乱切りにする。
2 鍋に1とかぶるくらいの水を入れ、中火にかける。沸騰したら火を弱め、5分ほどゆでる。竹串がスッと通るくらいになったら湯を捨て、再び弱火にかけ、鍋を揺すって水けをとばす。
3 きのこのオイル煮を加えてあえ、パセリをふってざっと混ぜ合わせる。

きのこのオイル煮をソースに、
ソテーした魚を味わうのは、
わが家の秋の定番メニュー。
レモンをキュッと搾って。

カジキのソテー きのこのオイル煮ソース

材料（2人分）

きのこのオイル煮 … 約1カップ
カジキ … 2切れ
塩 … 小さじ1/4～1/3
粗びき黒こしょう、薄力粉 … 各適量
オリーブオイル … 小さじ2
レモン（くし形切り）… 2切れ

作り方

1 カジキは表面の水けをふき、両面に軽く塩、こしょうし、薄く薄力粉をまぶす。
2 フライパンにオリーブオイルを熱し、1を焼く。こんがりと焼き目がついたら、もう片面も同様に焼く。
3 器に盛り、きのこのオイル煮をのせてレモンを添える。

〔 きのこペースト 〕

材料（でき上がり約1カップ分）

きのこ（しいたけ、エリンギ、
しめじ、えのきたけなど）
… 合わせて400g
にんにく（みじん切り）
… 1片分
塩 … 小さじ2
オリーブオイル … 大さじ2

作り方

1 きのこは石づきを落とし、粗みじん切りにする。
2 厚手の鍋にオリーブオイルとにんにくを入れて弱めの中火で熱し、こんがりしてきたら*1*を加えて中火にし、よく炒める。ねっとりしてきたら塩を加え、さらにねっとりするまで炒める。

＊粗熱がとれたら密閉容器に入れ、冷蔵庫で4〜5日間保存可能。
＊ゆで野菜に添えて／パスタとあえて／豆腐や焼きはんぺんなどに添えて

きのこペーストのカナッペ

材料（2人分）

きのこペースト … 1/4カップ
パン（バゲットやドライ
フルーツ入りのもの）… 適量
サワークリーム … 大さじ2
粗びき黒こしょう … 適量

作り方

1 パンは食べやすい大きさに切る。
2 *1*にきのこペーストとサワークリームをのせ、こしょうをふる。

きのこの香りとねっとりとした食感がおいしいペーストと、サワークリームをのせれば、おもてなしの一品が完成。

酒と塩で蒸したジューシーな鶏ももに、ねっとりきのこペーストをたっぷりのせて。蒸し鶏は電子レンジでもOK。

蒸し鶏のきのこペースト添え

材料（2人分）

きのこペースト … 1/3カップ
鶏もも肉 … 大1枚（約250g）
酒 … 大さじ1
塩 … 小さじ1/2

作り方

1 鶏肉は耐熱皿にのせて酒と塩をふり、ふんわりラップをかけて電子レンジで約6分加熱する（または蒸気の上がった蒸し器で7〜8分蒸す）。
2 食べやすい大きさに切って器に盛り、きのこペーストを添える。

秋 あずきを炊く

煮上がった豆を食べるのはもちろん楽しみだけれど、煮る時間そのものを楽しめるときでないと、豆を煮ることはしません。だから、仕事が一段落したとき、またはいい仕事をした翌日の充実した気分のとき、夫や娘が不在で、ひとりのんびり過ごしているとき——こんなときに、私は豆を煮たくなります。煮ている間はただただ豆のことだけを見つめていられるからか、ほっとひと息つける幸せな時間が流れます。

煮豆は、とてもシンプルなレシピだけれど、つきっきりでないといけません。いつ何どき、煮えました、となるかわからない。煮上がる時間の目安はありますが、豆によっては早く煮えてしまうもの、いつまでたってもかたいものなど、同じ種類でも豆によって機嫌が違うので、火のそばを離れず、コトコトと煮える様子を楽しむ余裕がないといけません。不思議なことに、焦って煮てはおいしくないのです。これは何度も何度も失敗をしてわかったこと。

季節を問わず、煮豆はよく作りますが、特に秋のお彼岸にはおはぎを作ると決めているので、あずきを炊きます。前もってあずきの用意をしておき、秋分の日にもち米を炊いて、おはぎ作り。もち米を包んだそばからパクパクと口に放り込むから、でき上がったころにはもうおなかがいっぱい。手作りならではの楽しみです。

〔 あずき（粒あん）の炊き方 〕

材料（作りやすい分量）

あずき … 300g　　きび砂糖 … 120g　　塩 … 小さじ1/3

作り方

1 あずきはざっと洗って鍋に入れる。たっぷりかぶるくらいの湯を加え、火にかける。煮立ったら1カップ分差し水をし、再び煮立ったらざるに上げ、ゆで汁は捨てる（a）。

2 同じ鍋に1のあずきを入れ、たっぷりかぶるくらいの水を加えて再び火にかける。煮立ったらアクをひき、ゆで汁から豆が顔を出さないよう差し水をしながら、水面が軽くゆらゆらするくらいの火加減で1時間ほど煮る。

3 あずきがやわらかくなったら、煮汁をあずきよりやや少なめになるよう捨ててきび砂糖を加え、木べらでやさしく混ぜる。そのままゆっくり煮詰め、へらで鍋底に線が描けるくらいになったら（b）、塩を加えてひと混ぜし、バットに薄く広げて冷ます（c）。

＊冷蔵庫で4〜5日間、冷凍なら1か月間保存可能。

a

b

c

豆の感じも、甘みも、大きさも、ようやくわが手になじんできた今日このごろです。

おはぎ

材料（作りやすい分量）

もち米 … 240mℓ
米 … 120mℓ
粒あん（→p72参照）… 適量

作り方

1 もち米と米は合わせて洗い、ざるに上げて炊飯器の内釜に入れる。同量の水を加え、1時間ほど浸水させて炊く。
2 炊き上がったらめん棒で半づきにし（a）、丸形や俵形にまとめる（b）。
3 手のひらに粒あんを適量のせて広げ、2をのせて包む（c）。

a

b

c

十月五日

新米

新米が届いたときは、炊きたてのごはんとみそ汁、それにお香こくらいがあれば、充分。ひたすらお米のおいしさを噛み締め、味わいます。

新米は、ただただ炊きたてを食べるのが一番の贅沢と思っています。この時季の炊きたてごはんは、甘くてもっちり。米ひと粒ひと粒が立ち、つやつやと光っていて、それはそれは美しい。思わず見とれてしまうほどなのです。

新米の時季はおかずいらず。ごはんが主役ですから、煮えばなのおみそ汁と、お香こや佃煮があれば、それだけで幸せなのです。家族もそう言ってくれるから、新米のときはごはんを炊いている鍋から離れることなく、ていねいにていねいに、炊くことだけに集中します。

新米が届くと、今まで食べていたお米は一気に古米となりますが、これはこれで古米ならではのおいしい食べ方があるので、なるべく早く食べきるようにしています。季節的にも、行楽シーズンだったり、娘の運動会があったりするものですから、おいなりさんや太巻きずし、炊き込みごはんなんかをよく作ります。こればかりは新米よりも、水分の少ない古米の方が上手にできますから。

精米した米は、ファスナーつきの袋に小分けにされて、母から送られてきます。これにもう一枚袋をかけて二重にし、冷蔵庫へ。以前仕事でご一緒したお米屋さんから、保存は必ず冷蔵庫がよいと聞き、そうするようになりました。

からしいなり

材料(12個分)

油揚げ … 6枚
だし汁 … 2カップ
しょうゆ … 大さじ3強
砂糖 … 大さじ3
[すし飯]
　米 … 2合
　昆布 … 5cm角×1枚
　A 酢 … 1/4カップ
　　砂糖 … 大さじ3
　　塩 … 小さじ1/4
　白いりごま … 適量
和がらし … 適量

作り方

1 油揚げは半分に切って上から菜箸を転がし、切り口からそっと開いて袋状にする。熱湯にくぐらせて油抜きをする。
2 鍋にだし汁としょうゆ、砂糖を合わせ、軽く水けを絞った*1*を加える。落としぶたをして火にかけ、煮汁がほとんどなくなったら火を止め、鍋中で冷ましながら味を含める。
3 米は洗って普段通りの水加減にし、昆布を加えて炊く。よく蒸らしてから昆布を除いて飯台(またはボウル)に移し、合わせたAをまわしかけ、さっくり混ぜ合わせる。
4 *3*の昆布を短めの細切りにし、白ごまと一緒にすし飯に混ぜる。12等分し、俵形に軽くにぎっておく。
5 *2*の油揚げの汁けを軽くきって*4*を詰め、和がらしをひとぬりして口を閉じる(a)。

a

袋の閉じ方に特に決まりはありません。縁をたたむだけ、中に折り込むなど、お好きな方法で閉じてください。すし飯に実山椒のしょうゆ漬け(→p38参照)を混ぜてもおいしいです。油揚げは、だし汁で煮ればこってり味、水にかえるとあっさり味に仕上がります。

しっかり酢を効かせた昆布風味のすし飯を、甘辛く炊いた揚げで包み、からしをひとぬりするのがミソの、私のおはこ料理。娘も大好きな一品です。

運動会、行楽シーズンと、何かと出番の多い太巻き。具はしいたけ、かんぴょう、卵焼き、みつばが定番です。

太巻きずし

材料（作りやすい分量／約2本分）

ごはん（炊きたてのもの）… 400g
すし酢 … 30mℓ
焼きのり … 2枚
穴子の蒲焼き（市販）… 60g
［卵焼き］
　卵 … 3個
　砂糖 … 大さじ1
　油 … 小さじ2
［しいたけとかんぴょう煮］
　干ししいたけ … 3枚
　かんぴょう … 10g
　砂糖、しょうゆ … 各大さじ2
みつば … 2株

作り方

1 卵焼きを作る。ボウルに卵を溶きほぐし、砂糖を加えて混ぜ合わせる。卵焼き器を熱して油をなじませ、余分な油はキッチンペーパーに含ませる。卵液の1/3量を流し入れ、まわりがチリチリしてきたら手前から奥へ折りたたむ。卵焼き器のあいた部分にペーパーに含ませた油を薄くぬり、残りの卵液を半量、卵の下にも流し入れる。まわりがチリチリしてきたら今度は奥から手前に折りたたむ。残りの卵液も同様にして焼き、縦4等分に切る。

2 しいたけとかんぴょう煮を作る。干ししいたけは水1と1/2カップでもどし、軸を落として5mm幅に切る。もどし汁はとっておく。かんぴょうは水洗いし、長いまま熱湯でやわらかくなるまでゆでる。

3 鍋に2のしいたけとかんぴょう、もどし汁1カップを入れ、砂糖、しょうゆも加えて火にかける。煮立ったら弱めの中火にし、落としぶたをして煮汁がなくなるまで10〜15分煮る。そのまま鍋中で粗熱をとり、味を含ませる。

4 みつばは輪ゴムかひもでたばね、長いまま熱湯でさっとゆでる。穴子は食べやすく切る。

5 ボウルにごはんを入れ、すし酢を加えてさっくり混ぜ合わせる。

6 巻きすにのりを1枚のせ、すし飯の半量を広げる（このとき上部を少しあけるのが、上手に巻くコツ）。3、4、卵焼き2本をのせ、巻きすごとくるっと巻き、一度軽くしめてから最後まで巻いて形を整える（a）。もう1本も同様に巻き、食べやすく切る。

a

十月 三十日

柿

この季節、わが家のベランダにはこんな風に干し柿がいくつもぶらさがっています。そのまま食べても、クリームチーズを添えてもおいしい。

皮が濃いオレンジ色になり、さわるとぷにゅっとやわらかいものは、スプーンですくって食べられる合図です。

秋も深まってくると届く、深いオレンジ色に染まった柿。これをかたいうちから、熟してトロトロになるまで味わいます。

初秋、まず渋柿が届きます。皮をむいて、焼酎を吹きかけてベランダで干す。寒くなってくると渋が抜け、ぐっと甘い干し柿に。海風で干すからか、やや塩の味も感じる干し柿です。干し柿がまだぶらぶらと干されている間に、今度は岐阜の名産・富有柿が届きます。箱に整然と美しく並んでいる柿をひとつずつ、最初はかたいうちにガリガリとかじって食べます。

日に日に熟していく柿は、白あえや、かぶと合わせてマリネなど料理の素材としても使い、最後は実がトロトロに熟したころ、丸ごとスプーンですくって食べる。わが家ではこんなふうに毎年、柿の季節を順を追って楽しんでいます。トロトロになった柿は、冷凍庫で凍らせてシャーベットやスムージーにしてもおいしいです。

干し柿のおいしさや、まだかたいうちから食べることを教えてくれたのは、父方の祖母。晩年は歯が弱って、やわらかい柿しか食べられないとぼやいていました。この季節になると、そんな祖母のことを思い出すのです。

柿スムージー

材料と作り方（作りやすい分量）

柿1個は丸ごと凍らせておき、食べるときに冷凍庫から出して半解凍くらいにする。皮つきのまま小さめに切ったにんじん1本とともにジューサーで攪拌する。

よく熟した柿を凍らせることで濃厚な味わいになると同時に、水を加えなくてもちょうどいい水分具合になります。

柿の白あえ

材料（2～3人分）

柿 … 大1/2個
絹ごし豆腐 … 1/2丁
白練りごま … 小さじ1弱
塩 … ひとつまみ

作り方

1 豆腐はキッチンペーパーで包み、軽く重しをして20～30分おき､しっかり水きりをする。
2 柿は皮をむき、小さめのさいの目に切る。
3 すり鉢またはボウルに*1*と練りごま、塩を入れ、めん棒でよくすり混ぜる。
4 *2*を加え、さっとあえる。

柿の甘みがあるので、これも砂糖いらず。そのかわり、塩をひとつまみ加えてやわらかな自然の甘みを引き出します。

柿とかぶのマリネ

材料（2人分）

柿 … 1/4個
かぶ（葉つき）… 2個
塩 … ふたつまみ
すし酢 … 小さじ2
オリーブオイル … 大さじ1

作り方

1 かぶは皮をむき、縦半分に切ってから薄切りにする。葉は小口切りにする。ボウルに入れ、塩を加えてざっとあえ、塩がなじむまで少しおく。
2 柿は皮をむき、横半分に切ってから薄切りにする。
3 *1*に*2*を加えてざっとあえる。
4 すし酢とオリーブオイルを順に加え、そのつどざっとあえる。

同じく旬の甘くて肉厚なかぶを合わせ、すし酢とオリーブオイルでざっとあえるだけ。すし酢を使うのがポイント。

秋 ぎんなんの季節

秋も深まってくると、実家の母からぎんなんが届きます。殻に包まれたぎんなん50個くらいが、決まって茶封筒に入っている。しかもどなたからかいただいた手紙の封筒を使いまわしている。乾燥させておくようにということなのでしょうが、見た目などまったく気にしないところが母らしい。

ぎんなん拾いは両親の秋の楽しみになっているようで、バケツいっぱい拾っては庭先で皮を取り除き、何度も洗って殻の表面をきれいにしたものを送ってくれます。

わが家に届くと、まず家族全員でぎんなんの殻を歯でガリッとかじって、1〜2か所穴をあけます。それを煎り器（ぎんなん専用の煎り網）に入れ、殻に焦げ色がつくくらいまで火にかざします。じっくり煎ると、殻が少し裂けてくるので、その裂け目をきっかけにして、熱々を我慢しながら殻をむいていきます。中から鮮やかなうぐいす色のぎんなんが飛び出してきたら、塩をちょいとつけて、口に放り込む。すると、ぎんなん独特の香りと、ホクホクとした食感が口の中いっぱいに広がります。ひとつひとつが小さいし、おいしいから次々と食べてしまうけれど、アクの強いものなので、わが家では大人は10個、子どもは6個までと決めています。お酒のお供には、殻を開けて薄い渋皮がついたまま素揚げし、塩をちょっとつけて食べるのも好き。これがなんともおいしいのです。

そんなわけで、ぎんなんが届いてから何日間かは、このぎんなん割りから夕飯作りがはじまります。ぎんなんは、殻をむいてみないと中の実が詰まっているかどうかわからないのですが、殻つきであってもすぐに食べるようにしています。そのまま保存しておくと殻の中で実が乾燥して、しなびてしまうことが多々ありました。それから、イチョウの木によっても実の詰まり具合は違うようですよ。

a 煎りぎんなん

ぎんなんは殻に割れ目を入れ、煎り器またはフライパンに入れて殻に軽く焦げ目がつくくらいまで煎る。殻をむき、塩をつけて食べる。

b 揚げぎんなん

ぎんなんは殻をむく。薄皮つきのまま170℃の揚げ油に入れ、転がしながら揚げる。薄皮がはじけたら引き上げる。塩をつけて食べる。

ホクホクでねっちりした食感がおいしくて、ついつい手が伸びてしまうぎんなん。揚げも煎りも甲乙つけがたい。

十一月十六日

魚を買いに

目もウロコもピカピカ光った
今朝揚がったばかりの魚が
ずらりと並んでいるのを見ると、
早く帰って料理したい、
そう思うのです。

毎朝、新鮮な魚に出会えるのは、海のそばに暮らしているからこそのぜいたく。近所の魚屋さんや市場、漁港に出かけては、その日のおすすめを買って帰ります。越してきたばかりのころは、切り身が売っていないことに驚きました。鯛、さば、きんめ鯛、イナダなどは、一尾丸ごと。半身くらいまでは切ってくれるのだけれど「切り身を一枚ください」というわけにはいかないのです。そんな買い物の仕方にもすぐ慣れたのは、活きのいい魚との出会いがあるから。今朝も長靴姿で漁港へと向かいます。

井本商店
神奈川県横須賀市芦名2-28-8
TEL 046-856-0230

春は……

少しずつ日が長くなり、暖かな日が差しはじめると
春の魚介が店先に並び出します。
白身魚はレモンで酸味を加えたカルパッチョに。
あさりは、身もおだしも味わう料理を。春の定番です。

とろける甘みをたずさえた真鯛に、針しょうがとレモン汁、オリーブオイルと塩を少々。それだけで、極上の味が完成。

白身魚とレモンしょうがのカルパッチョ

材料（2人分）

真鯛（刺身用・さく）… 80g
しょうが … 1/2かけ
塩 … 少々
レモン汁 … 1/2個分
オリーブオイル … 適量
レモン（くし形切り）… 1個

作り方

1 鯛は薄切りにし、器に盛る。
2 しょうがはせん切りにし、1の上に散らす。塩をふり、レモン汁をまわしかけてオリーブオイルをたらし、レモンを添える。

あさりとキャベツのオイル蒸し

材料(2〜3人分)

あさり(殻つき) … 300〜400g
キャベツ … 1/2個
にんにく … 1片
オリーブオイル … 大さじ3〜4

作り方

1 あさりは砂抜きをし、殻をこすり合わせて洗う。キャベツは食べやすい大きさにちぎる。にんにくは包丁の腹でつぶす。
2 鍋に*1*をすべて入れ、オリーブオイルをたっぷりとまわしかけてふたをし、中火にかける。7〜8分してキャベツがしんなりし、あさりの口が開いたらでき上がり。味をみて足りなければ塩(分量外)で調味する。

あさりが入るからだしいらず。
キャベツの甘みと海の香りと
塩けを味わう、春の蒸し料理。
にんにくをアクセントに。

あさりのだしでひたすらコトコト。ほっくり甘いじゃがいもと玉ねぎを味わう、この季節ならではのポトフです。

あさりだしで煮る春野菜

材料（4人分）

あさり（殻つき）… 400g
じゃがいも … 小4個
新玉ねぎ … 2個
塩 … 小さじ1/2

作り方

1. あさりは砂抜きをし、殻をこすり合わせてよく洗う。
2. 鍋に*1*と水4カップを入れ、火にかける。口が開いたらざるに上げ、あさりとゆで汁に分ける。ゆで汁はとっておく。あさりは殻から身をはずす。
3. じゃがいもは皮をむく。新玉ねぎは皮をむいて半分に切る。
4. 鍋に*3*と*2*のゆで汁をひたひたに注ぎ入れ、ふたをして火にかける。野菜にすっと串が通るまで煮て、塩で味をととのえる。

・あさりの身は佃煮に…

材料と作り方（作りやすい分量）

鍋にゆでたあさり400gの身、みりん、しょうゆ各大さじ1と1/2を入れ、水をひたひたに注いで火にかける。煮立ったら弱火にし、汁けがなくなるまで炒りつける。

＊密閉容器に入れ、冷蔵庫で1週間保存可能。

冬は……

身が締まり、脂ののった魚が並ぶ冬は、
こっくりとした味わいの煮つけにしたり、
少し塩をしてキンと冷えた空気の中で半干しにし、
大根おろしと柑橘を搾って食べるのが楽しみです。

魚のうま味が染み込んだごぼうのおまけつき。きんめ鯛のふっくらした身と煮汁のおいしさを余さず味わって。

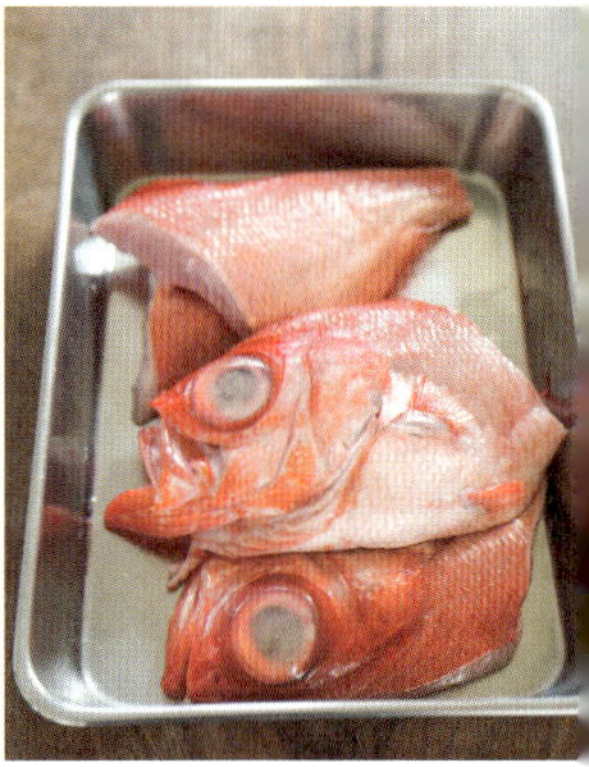

きんめ鯛の煮つけ

材料（4人分）

きんめ鯛 … 1尾
A ｜酒、みりん … 各1/2カップ
B ｜昆布だし … 1/2カップ
　｜砂糖 … 大さじ1
　｜しょうゆ … 大さじ4
ごぼう … 10cm
しょうが … 1かけ

作り方

1 きんめ鯛は三枚におろし、頭は半分に、身は2～3等分して皮目に十字の切り込みを入れる。
2 ごぼうはささがきに、しょうがは半分は薄切り、残りはせん切りにする。
3 鍋にAを入れ、火にかける。アルコールがとんだらBを加え、再び煮立ったら1としょうがの薄切りを加え、強めの中火で7～8分煮る。5分ほどしたらごぼうを加え、紙の落としぶたをして照りが出るまで煮る。
4 器に盛り、2の針しょうがをのせる。

かますの開き

材料（2人分）

かます（背開きにしたもの）… 2枚
塩 … 適量
大根おろし、すだち … 各適量

作り方

1 かますに好みの加減で塩をし、ざるにのせて（串に刺してもよい）風通しのいいところで半日〜1日干す。
2 魚焼きグリルに*1*を皮目を下にして並べ入れ、焼く。両面に焼き目がついたら器に盛り、大根おろしと半分に切ったすだちを添え、好みでしょうゆ（分量外）をたらす。

大根おろしと柑橘が合うのは、青背の魚ばかりではありません。さっと干して甘みが増した淡泊な魚とも好相性です。

十二月二十九日

ごちそう常備菜

仕込んでおけば、器に盛るだけ、
あるいはさっと焼く、
ある程度でごちそうに。
あとは好みのお酒と合わせて。
来客の多いこの季節に役立ちます。

年末年始、何かと人の出入りが多いこの季節。常備菜を仕込んでおくと、突然の来客にあわてることもなく、便利です。娘が生まれてから特にこの時期、両親や友人たちが集まる機会も増えたので、年末はおせち料理と合わせて肉と魚のごちそう常備菜をいくつか仕込むようになりました。

魚でよく作るのは、漬けマグロ。サクごと漬けて、そのつど食べる分だけ切って盛りつけます。ほどよい漬け加減が保てるし、さっと焼けば、もう一品できるよさも。

それから昆布じめやイクラのしょうゆ漬けも。昆布じめは酒の肴に、イクラのしょうゆ漬けは食事の締めに小丼にして出すと喜ばれます。

かたまりの豚肉は酒、砂糖、しょうゆで煮込んで煮豚に。にんにくとしょうがの風味がポイントです。切ってそのままおつまみに、ごはんにも麺にも合う万能な常備菜です。ローストビーフは、あえて手をかけすぎず、肉そのものの味わいを存分に活かして。飽きがこないよう、塩とにんにくのみでシンプルに仕上げます。

漬けマグロ

材料（2〜3人分）

マグロのサク（赤身とトロ）
　… 合わせて450g
みりん、しょうゆ … 各40mℓ

作り方

1 小鍋にみりんを入れて火にかけ、煮立ったら火を止める。しょうゆを加え、完全に冷めるまでそのままおく。
2 バットにマグロをさくのまま入れ、*1*をまわしかける（a）。表面にぴったりとラップをかけ、冷蔵庫で3時間ほどおく。

a

＊密閉容器に入れ、冷蔵庫で2〜3日間保存可能。

漬けマグロのソテー

材料（2〜3人分）

漬けマグロ（右記参照）… 半量
オリーブオイル … 適量
［薬味］
　青じそ、しょうが、アルファルファ、
　みょうが、みつば … 各適量

作り方

1 漬けマグロは汁けをふく。フライパンにオリーブオイルを熱し、マグロの両面をさっと焼いて食べやすい大きさに切る。
2 青じそとしょうがはせん切りに、みょうがは薄切り、みつばはざく切りにし、アルファルファと合わせる。
3 器に*1*を盛り、*2*を添える。

＊密閉容器に入れ、冷蔵庫で2〜3日間保存可能。

煮豚

材料（7〜8人分）

豚肩ロースかたまり肉 … 1.2kg
にんにく … 3〜4片
しょうが … 3〜4かけ
酒 … 適量
A｜砂糖、しょうゆ … 各1/2カップ
長ねぎ（白髪ねぎ） … 適量

a

b

作り方

1 豚肉はタコ糸で全体をぐるぐる巻いて形を整える（a）。
2 にんにくは包丁の腹でつぶす。しょうがは皮つきのまま厚切りにする。
3 厚手の鍋に*1*と*2*を入れ、肉の高さの半分より少し多めに酒を注ぎ入れる。Aを加えて火にかけ（b）、煮立ったらアクを取る。ふたをずらしてのせ、弱めの中火で40〜50分煮る。
4 食べやすく切って器に盛り、白髪ねぎを添える。

＊煮汁ごと密閉容器に入れ、冷蔵庫で1週間保存可能。

豚肉がぴったり収まるくらいの鍋で煮ると、ほどよい煮汁量と味わいに仕上がります。大きすぎると味が薄くなるので注意。砂糖は三温糖、きび砂糖などを使うとよりコクが出ます。

・なますと合わせて

食べやすく切った煮豚と白なます（→p104）を合わせ、サニーレタスなどの葉野菜で巻いて食べるのもおすすめ。さっぱりしたなますと煮豚の甘じょっぱいタレが、よく合います。

ローストビーフ

材料（5～6人分）

牛ロースかたまり肉 … 1kg
塩 … 大さじ1
おろしにんにく … 2片分
クレソン … 2束
わさび … 少量

a

しっかり塩をしているのでわさびをつけるくらいで充分。足りない場合は少ししょうゆをたらして食べてください。

作り方

1 牛肉は室温に2時間ほどおいて常温にもどし、表面に塩とおろしにんにくをすり込み、なじませる。
2 フライパンを熱し、油をひかずに1を入れて表面に軽く焼き目がつくまで焼く。
3 2を140～150℃のオーブンに入れ、40～50分焼く。すぐにアルミホイルで包み(a)、そのまま1時間以上おいて肉汁を落ち着かせる。
4 食べやすく切って器に盛り、クレソンとわさびを添える。

＊アルミホイルで包んだまま密閉容器に入れ、冷蔵庫で4～5日間保存可能。

・たたき風に

ローストビーフを薄切りにして器に盛り、しょうゆ漬けにしたにんにく（あるいは油でカリッと焼いたにんにくチップス）と、小ねぎの小口切りをたっぷりのせて。

・サラダ仕立てに

そぎ切りにしたローストビーフにトマト、大根のせん切り、紫玉ねぎの薄切り（水にさらす）と、クレソンやベビーリーフを合わせます。オリーブオイルやビネガーをかけてさっぱりと。

はさんでおくだけの手軽さで、上品な味わいを楽しめます。日本酒と合わせてどうぞ。平らな容器がない場合は、ラップに昆布をのせて包んでもOKです。

a

b

c

白身魚の昆布じめ

材料（4人分）

白身魚の刺身（鯛など）… 200g
塩 … 小さじ1/4くらい
昆布 … 6×20cmのもの3枚
酒 … 適量
わさび … 適宜

作り方

1 昆布は酒を含ませたキッチンペーパーで表面をふく（a）。
2 バットなど平らな容器の底に昆布を1枚敷き、刺身を重ならないように並べて塩の半量をふる。上に昆布1枚をのせ、またその上に刺身を並べて塩をふり、残りの昆布ではさむ（b）。
3 ラップをかけて軽く重しをし（c）、冷蔵庫で1〜2時間おいて味をなじませる。
4 器に盛り、わさびを添える。

＊冷蔵庫で2〜3日間保存可能。

イクラのしょうゆ漬け

材料（作りやすい分量）

すじこ … 250～300g
酒、しょうゆ … 各1/4カップ

作り方

1 小鍋に酒を入れ、火にかける。3～4分煮立たせたら火を止め、しょうゆを加えてそのまま冷ます。
2 ボウルに60℃くらいの湯を張り、すじこを入れる。指の腹を使って薄皮を少しずつはがし、粒状にほぐす（a）。何度か湯をかえ、細かな薄皮もきれいにとり除く。水にとり、何回か水をかえてきれいにする。
3 平らなざるに上げ（b）、30分ほど水けをきる（暑い日は冷蔵庫に入れておく）。
4 煮沸消毒した保存瓶に3を入れ、1を注ぐ。翌日から食べられる。

＊冷蔵庫で4～5日間保存可能。10月終わりから11月初旬に作って冷凍しておけば、お正月くらいまでおいしく食べられます。

手間はかかるけれど、自家製のおいしさを知ったら最後。酒としょうゆだけで、キリッと仕上げるのが好みです。

a

b

・ごはんにのせて

茶碗に炊きたてのごはんをよそい、ちぎった焼きのりとイクラのしょうゆ漬けを適量ずつのせて、わさびを添える。

一月一日

わが家のおせち料理

黒豆、きんとん、数の子、
田作り、なます…。
どれも少しずつ仕込んで、
銘々皿に盛りつけるのが
最近のわが家の習慣です。

わが家のおせちは、黒豆をコトコト煮て、きんとんやなますを家族が食べきれる分、年末にほんの少し仕込むくらい。あとは、かたまり肉を煮たり、オーブンで焼いたり、お刺身をマリネしたり。どれも半日くらいでできるものばかりです。それぞれ保存容器に入れておき、食卓に出すときに少しずつ銘々皿に盛りつけます。それでもお正月気分を味わうには充分。お客様がいらしたら、おせちをアレンジしておもてなし。定番料理も目先を少し変えると新鮮です。

ゆで時間は豆の状態にもよるので、あくまでも目安としてください。砂糖を加えてからは、いくら煮てもやわらかくならないので注意。その前にしっかりやわらかくなるまで煮ておきます。しょうゆのあとに、はちみつを加えてもおいしいです。

黒豆

材料（作りやすい分量）

黒豆（乾燥）… 300g
砂糖 … 2と1/2～3カップ
しょうゆ … 大さじ1

作り方

1 黒豆はたっぷりの水にひと晩つけ、もどす（a）。
2 *1*をつけ汁ごと鍋に入れ、強火にかける。煮立ったらアクをていねいに取り（b）、差し水をしてさらにゆでる。ゆで汁が少なくなったらさらに差し水をする。これを3～4回繰り返す。
3 弱火にし、ふたをしてさらに約1時間、豆がやわらかくなるまで煮る（c）。
4 砂糖を加えて混ぜ（このとき煮汁はひたひたくらいを目安に。煮汁が多すぎると味が薄くなるので注意。多い場合は煮汁を減らしてから調味料を加える）、10分ほど煮る。
5 仕上げにしょうゆを加え、ひと煮して火を止める。ホイルをかぶせ、煮汁につけたまま冷ます。

＊密閉容器に入れ、冷蔵庫で約1週間保存可能。

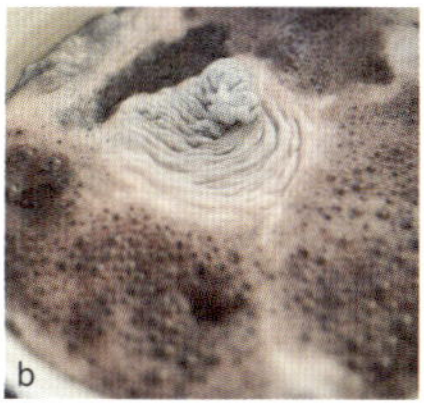

b
にごったアクが大量に出てくるのでていねいに取り除く。

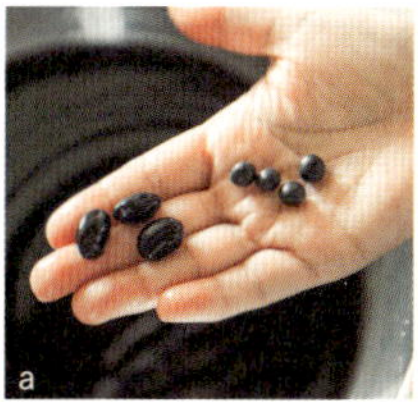

a
このくらいふっくらとしたらOK。

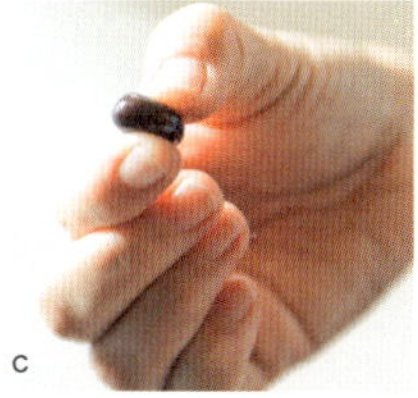

c
軽くつまんでみて、つぶれるくらいが目安。

たくさんの卵から、子孫繁栄や子宝を祈願する縁起物とされる数の子。だしをしっかり含ませるのがおいしさのコツ。

数の子

材料（作りやすい分量）

塩数の子 … 6～8本（約300g）

A | だし汁 … 1と1/2カップ
| 酒 … 大さじ2
| 薄口しょうゆ … 大さじ2
| 塩 … 小さじ1/4

かつお節 … 適量

作り方

1 数の子は1％濃度の塩水（分量外）に6～8時間つけて塩抜きする（数の子によって塩加減が違うので、途中で味をみて塩の抜け具合を確認する）。

2 *1*を真水に移し、親指で薄皮をやさしくこそげながらむき（a）、キッチンペーパーで水けをふき、保存容器に入れる。

3 鍋にAを入れて火にかけ、ひと煮する。完全に冷めたら*2*に注ぎ入れ、表面が乾かないようにぴったりとラップをかけて冷蔵庫にひと晩おき、味を含ませる。

4 食べやすく切って器に盛り、かつお節をあしらう。

＊密閉容器に入れ、冷蔵庫で4～5日間保存可能。

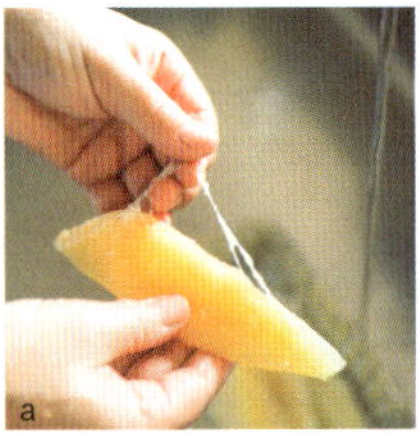

数の子のひだひだに向かって薄皮をこそげると、くずれることなくきれいにむける。

田作り

パキッと折れるくらいにからいりしておくと、香ばしい風味と食感が持続します。お汁粉に添えたり、お茶うけにも。

材料（作りやすい分量）

ごまめ … 30g

A　みりん … 大さじ2
　　酒 … 大さじ1

B　しょうゆ … 大さじ1
　　砂糖 … 小さじ1

作り方

1 ごまめはフライパンでからいりし（a）、カリッとしたら一度取り出す。

2 *1*のフライパンをきれいにし、Aを入れる。煮立ったらBを加え、とろりとしてきたら*1*を戻し入れてからめる。熱いうちにバットに平らに広げ、冷ます。

＊密閉容器に入れ、冷蔵庫で約1週間保存可能。

余分な水分をしっかりとばすと、生臭さもとれる。

穴があいていることから見通しのよい縁起物とされるれんこんと、大根、かぶの白いなます。キリッと酢を効かせて。

白なます

材料（作りやすい分量）

大根 … 450g
れんこん、かぶ … 各250g
塩 … 小さじ1
A | 酢 … 80mℓ
　| 白砂糖 … 大さじ4～5

作り方

1 れんこんはスライサーで5mm幅の薄切りにし、酢水（分量外）に5～10分つける。
2 鍋に湯を沸かし、1をゆでる。透き通ってきたらざるに上げ、粗熱がとれるまでそのままおく。
3 かぶと大根はそれぞれ皮をむいてマッチ棒くらいの細切りにする（a）。塩をふり、4～5分おいて水けを絞る。
4 2と3を合わせ、Aを加えてなじませる。

＊密閉容器に入れ、冷蔵庫で約1週間保存可能。

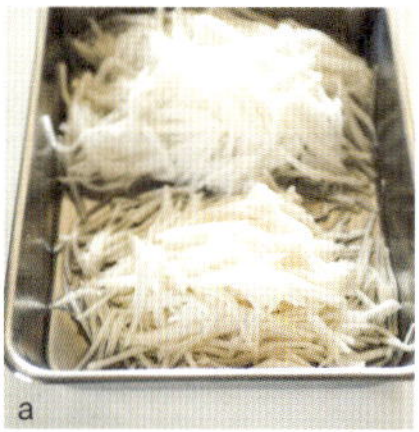

a

かぶと大根は同じくらいの太さに切り揃える。

金運を呼ぶ縁起のいい料理としておせちに欠かせない栗きんとん。くちなしの実を使って、色よく仕上げます。

栗きんとん

材料（作りやすい分量）

栗の甘露煮（市販）… 約10個
さつまいも … 500g
くちなしの実 … 1個
A 白砂糖 … 150〜200g
栗の甘露煮の蜜 … 約1/4カップ

作り方

1 さつまいもは1〜1.5cm厚さの輪切りにし、やや厚めに皮をむく。ボウルに水を張ってさつまいもをさらし、水が白くにごったらざるに上げて水けをきる。
2 くちなしの実は半分に割り、お茶パックに入れるかさらしで包む。
3 鍋に1と2、かぶるくらいの水を入れ、火にかける（a）。さつまいもに竹串がスッと通るくらいになったらざるに上げ、こし器でていねいに裏ごしする（b）。
4 鍋に3とAを入れて弱めの中火にかけ、なめらかなペースト状になるまで木べらで練る。
5 栗の甘露煮と4を合わせる。

＊密閉容器に入れ、冷蔵庫で4〜5日間保存可能。

a

くちなしの実はお茶パックに入れると後片づけもラク。

b

へらで押しつぶし、なめらかに裏ごしする。

おせちのアレンジ

お正月だからといっておせちばかりでは、どうしても飽きがきます。そんなときのアレンジアイディア。ちょっとひと手間かけることで、お酒のつまみに、おやつに、といろいろと姿を変えて楽しめます。

黒豆と柿のラム酒マリネ

黒豆大さじ2と食べやすく切った柿80gを合わせ、ラム酒小さじ1/2でマリネする。

田作りののり巻き

のり1/2枚を食べやすく切り、田作り適量をひと口分ずつ巻く。

黒豆のしょうが煮

しょうがの薄切り2〜3枚と黒豆、黒豆の煮汁を適量ずつ小鍋に入れてひと煮する。

田作りとナッツのおつまみ

田作りの作り方2（→p103）で、くるみやピーナッツなどのナッツ、白いりごま各適量をごまめとともに加える。

きんとんアイス

栗きんとんとバニラアイスクリーム各大さじ4を器に盛り合わせる。

白なますと魚のあえもの

骨を除いたカタクチイワシの酢漬け（小鯛の酢漬けでも）4〜5枚と白なます1/2カップをさっとあえる。

きんとんサンドイッチ

バターを薄くぬったサンドイッチ用食パンに栗きんとん適量をはさみ、食べやすく切る。

白なますと干し柿のあえもの

干し柿（市販または自家製）1個をそぎ切りにし、白なます適量とあえる。白なますの量はお好みでどうぞ。

一月一日

お雑煮

だし汁と鶏ガラスープを合わせたわが家の定番お雑煮。シンプルで飽きのこない味わいです。

お餅が大好きなわが家では、
すまし、白みそ、豆乳、
ナンプラー味など、さまざまな
味わいの汁でお餅を味わっています。

私は大のお餅好きなので、お雑煮は、お正月に限らず、毎日食べても飽きないくらい。

基本は、澄んだおだしに鶏肉、にんじん、小松菜、大根が具材のいわゆる関東風のお雑煮。子どものころから慣れ親しんだ味です。私も夫も実家がすまし系だったのですが、今は、ゴロゴロに切った里いもや大根などの根菜類をたっぷり加えた、少しとろみのある白みそ仕立てのもの、豆乳を加えたおだしにおろししょうがをのせたさっぱり味のものなど、その日の気分や季節に合わせていろいろ楽しんでいます。

お雑煮と呼んでいいものかどうかわかりませんが、お餅が入るという定義でいくと、キャベツでお餅を巻いて煮たロールキャベツ風のものや、揚げたてのお餅をナンプラーベースの汁でいただく変わり種雑煮もよく作ります。

だし汁はかつお、昆布、あごなどからとったものや鶏ガラスープを。調味料はみそ、白みそ、しょうゆなど何でもあり。お餅をおいしく食べたい一心から、年を追うごとに雑煮レシピがどんどん広がっていきます。

基本のお雑煮

材料（2人分）

切りもち … 2枚
だし汁、鶏ガラスープ … 各1カップ
A｜にんじん（5mm厚さの輪切り）… 2切れ
　｜大根（拍子木切り）… 4切れ
　｜鶏もも肉 … 20g
小松菜 … 1株
塩 … 小さじ1/3
薄口しょうゆ … 小さじ1/2
ゆず皮 … 少々

作り方

1 Aのにんじんは好みの型で抜く。鶏肉は小さめのひと口大に切る。小松菜はゆでて食べやすい長さに切る。
2 もちは焼き網またはトースターで焼く。
3 鍋にだし汁と鶏ガラスープを合わせて火にかけ、煮立ったらAを加える。火が入ったら塩としょうゆを加えて調味する。
4 椀に2を入れ、3の汁を注ぐ。3の具と1の小松菜を加え、ゆず皮をあしらう。

＊市販の鶏ガラスープを使う場合は、調味料を加減する。

豆乳のお雑煮

だし汁に塩、薄口しょうゆ、豆乳、それにおろししょうがを加えたさっぱり系。具はおもちだけでシンプルに、

白みそ仕立てのお雑煮

かつおだしと白みそのこっくりとした汁に、根野菜の具だくさん雑煮。里いものとろみが効いています。

ロールキャベツ風お雑煮

キャベツの中には、煮込んでトロトロにとろけたおもちとベーコンが。ベーコンからもうま味が出ます。

揚げもちナンプラー味のお雑煮

揚げたてのおもちを、ナンプラーで味つけしたスープに加えて、水菜をあしらいます。アジアンスタイルのお雑煮。

豆乳のお雑煮

材料（2人分）

切りもち … 2枚
だし汁 … 1カップ
塩 … 小さじ1/4
薄口しょうゆ … 小さじ1/2
豆乳 … 1カップ
おろししょうが … 適量

作り方

1 鍋にだし汁を温め、塩としょうゆで味をととのえる。
2 もちを加えて煮て、やわらかくなったら豆乳を加えてひと煮し、火を止める。
3 椀に盛り、おろししょうがをのせる。

白みそ仕立てのお雑煮

材料（2人分）

切りもち … 2枚
かつおだし … 2カップ
里いも … 2個
大根 … 2cm
にんじん … 1/3本
白みそ … 大さじ1～2
かつお節 … 適量

作り方

1 里いも、大根、にんじんはそれぞれ皮をむいて食べやすく切る。
2 鍋にだし汁と*1*を入れ、火にかける。野菜に火が入ったらもちを加え、やわらかくなるまで煮る。みそを溶き入れ、ひと煮して味をなじませる。
3 椀に盛り、かつお節をあしらう。

ロールキャベツ風お雑煮

材料（2人分）

切りもち … 1枚
キャベツ … 大2枚
ベーコン（ブロック）… 60g
塩 … 小さじ1/4弱

作り方

1 もちは縦4等分に切る。ベーコンも同じくらいの拍子木切りにする。
2 キャベツは色が変わるくらいにさっとゆで、*1*を等分に包む（a）。巻き終わりを下にして小鍋にすき間なく詰め、水をひたひたに注ぐ。
3 ふたをして弱めの中火にかけ、20～30分煮る。キャベツがくったりしたら、塩で味をととのえる。

a

揚げもちナンプラー味のお雑煮

材料（2人分）

切りもち … 2枚
鶏ガラスープ … 2カップ
A ナンプラー … 小さじ1～2
　塩 … 小さじ1/4
水菜 … 適量
揚げ油 … 適量

作り方

1 水菜は食べやすい長さに切る。もちは半分に切り、160℃の揚げ油で表面がこんがりきつね色になるまで揚げ、油をきる。
2 鍋に鶏ガラスープを入れ、火にかける。煮立ったらAを加えてひと煮する。
3 椀に*1*のもちを入れ、*2*を注いで*1*の水菜をあしらう。

冬　香りも楽しめるゆず

部屋が乾燥する時期は、ホウロウのたらいや口の広い鍋に湯を張り、そこに半分に切った黄ゆずを浮かべてストーブにのせておいたり、キッチンのレンジにかけて、加湿器がわりにしています。

やわらかな湯気にのって、部屋いっぱいに広がるゆずの香り。この甘い匂いをかぐと、不思議と気持ちがゆったりと落ち着きます。日々の忙しさや、とんがっていたものが、ゆるりゆるりとほどけては、溶けていく感じ。

そんなわけで、毎日のようにゆずを切っては湯にプカプカと浮かべることを繰り返していたら、ふやけたゆずがあっという間に山盛りになってしまいました。さて、どうしたものかと思っていたら、アドバイスをくれた人がいました。ゆずを裏ごしして、みそと合わせればゆずみそになるよ、って。

ふやけていても、ゆずの香りも味も充分に残っているから、そうだそうだと納得して、さっそくゆずみそを作ってみました。すっかりやわらかくなっているゆずは、裏ごしの網におもしろいようにスルスルと吸い込まれていきます。それをみそとみりん、砂糖と合わせて照りが出るまで練り上げれば、なんともなめらかなゆずみそのでき上がりです。

冬の間は、このゆずみそをたっぷりつけて、蒸し野菜やふろふき大根を食べるのが楽しみになっています。

〔ゆずみそ〕

材料（作りやすい分量）

ゆず（完熟）… 3個
白みそ … 200g
砂糖 … 大さじ2～3
みりん … 大さじ1

作り方

1 ゆずは半分に切る。鍋に入れ、水1ℓを加えて1時間ほどゆでる。
2 くたくたになったら切り口を下にしてこし器で皮ごとつぶしながらこす。
3 鍋に2を入れ、みそを加える。弱火にかけて練り混ぜ、ある程度合わさったら砂糖を加えてさらに練り混ぜる。砂糖がしっかりみそと合わさったらみりんを加え、照りが出るまで混ぜ合わせる。

＊粗熱がとれたら密閉容器に入れ、冷蔵庫で1週間～10日間保存可能。ぬたのようにねぎとあえたり、ふろふき大根、ふろふきかぶ、蒸し野菜と合わせても。

こうして半分に切ったゆずを浮かべて弱火にかけておくだけ。一日中、部屋が幸せな香りに包まれます。

一月九日

水だしのすすめ

朝起きてすぐ、もしくは夜寝る前につけておくのが私の毎日の習慣です。

仕事柄もありますが、日々のわが家のごはん作りには、毎日、だし汁が欠かせません。ですから最近は、夜寝る前、または出かける前など、すぐに料理をしない時間帯に、2リットル入る保存用のポットに昆布や焼きあご、ときにはかつお節やいりこ、干ししいたけなどを入れ、水を注いで冷蔵庫に入れておくのが習慣になりました。煮出さずに、水だしにしておくのです。朝起きるとしっかりとだしが出ていて、すぐにおみそ汁ができる。夕方、帰宅が遅くなってしまっても、水だしがあるので、すぐに鍋やスープを作ることもできる。水だしのおかげで、手間なくおいしいだし汁を味わえている毎日です。しかも水だしは、煮出しただしに比べ、雑味が少なく、すっきりとした味わいのように感じます。

水だしを使い終わったら、焼きあごや昆布などのだしがらは捨てずに、取り出して鍋に入れ、再び2リットルの水を加えて煮出します。そうするともう一度だしがとれるというわけ。家で使うだし汁ですから、ラフに作ったもので充分。多少にごっていても、うま味が少々薄くてもいいのです。

透んだきれいなだしは、すまし汁に、二番だしはおみそ汁やスープに、鍋にと使いまわしていると、2リットルなんてあっという間になくなります。

〔 あごだし 〕

材料と作り方（作りやすい分量）

焼きあご3尾、昆布15×10cmのもの1枚を保存用ポットに入れ、水2ℓを注ぎ入れる。そのまま冷蔵庫でひと晩おく。

＊冷蔵庫で2日間保存可能。あごと昆布は1日たったら引き上げる。

鴨とクレソン、長ねぎの鍋

材料（4～5人分）

A
- 合鴨ひき肉（なければ鶏ひき肉でも）… 300g
- 玉ねぎ（みじん切り）… 1/2個分
- 酒、みそ … 各大さじ1

だし汁（または水）… 1ℓ
長ねぎ … 2本
クレソン … 2～3束

B
- 塩 … 小さじ1
- ナンプラー … 小さじ2～3

作り方

1 ボウルにAを合わせ、粘りが出るまでよく練り混ぜる。

2 長ねぎは3～4cm長さに切る。フライパンに油をひかずに長ねぎを入れ、焼き目がつくまで転がしながら焼く。クレソンはざく切りにする。

3 鍋にだし汁を温め、沸騰したら1をスプーンで適量ずつすくって落とし入れる。白っぽくなり、浮いてきたら2を加えてひと煮し、Bで調味する。

鴨のだしが染み出た煮汁が、焼きねぎやクレソンと好相性です。

白菜漬けは市販のものでも。古漬けになった酸っぱいもののほうがよく合います。煮ることで酸味がうま味に変身。

白菜漬けと豚肉の鍋

材料（4人分）

白菜漬け（右記参照）… 白菜1/4個分
豚バラ薄切り肉 … 300g
絹ごし豆腐 … 1丁
だし汁 … 6カップ
酒 … 1/4カップ
A ｜塩、しょうゆ、ナンプラー … 各適量
ごま油 … 適量
［薬味］
ゆずこしょう、しょうが（せん切り）、ラー油 … 各適量

作り方

1 白菜漬けは3〜4cm長さのざく切りに、豚肉はひと口大に切る。豆腐は食べやすい大きさに切る。
2 鍋にごま油を熱し、白菜漬けを炒める。全体に油がまわったらだし汁と酒を加え、ふたをして中火にする。煮立ったら弱火にし、20分ほど煮る。白菜がくたくたになってスープにいい味が出たら、豚肉と豆腐を加えてAで味をととのえる。
3 好みの薬味をつけながら食べる。

〔 白菜漬け 〕

材料と作り方（作りやすい分量）

1 白菜1/2個は縦4等分に切ってざるにのせ、天日に半日ほど干す。
2 葉の間に干し終わった白菜の重量の3.5％の塩をまんべんなくまぶし、保存容器に入れる。白菜にぴったりくっつくようにラップをかけ、1kgほどの重しをのせて冷暗所で2〜3日おく。
3 水が上がってきたら白菜を取り出し、各株ごとに切り昆布ひとつかみと赤唐辛子の小口切り小さじ1を葉の間にはさむ。くるりと丸めてひとつずつ保存袋に入れ、冷蔵庫で保存。1週間後から食べられ、やや酸味のある仕上がりは3週間後くらいから。

二月四日

干し大根

半生くらいに干したいときは少し薄めに切って、半日ほど。しっかりと干したいときはやや厚めか、太めに切って3～5日かけて干します。

切り干し大根が好きだから、自分でも作ってみようと思い、数年前から干しはじめました。

やりはじめてみると、大根の切り方や干し加減で味わいがまったく違ってくるのが実験のようでおもしろく、次はこんな風にしよう、とあれこれ試してみました。それでようやく行き着いたのがこのふたつの干し方。

半生くらいに干したいときには少し薄めに切ります。半生とは、切り口が乾いているけれど、中の方にはまだ水分が残っている状態です。炒めものやスープに使うと、ギュッと濃縮された大根のうま味と甘みが、一気に口いっぱいに広がります。

しっかりと干したいときにはやや厚めか、太めに切って3～5日かけて干します。水分がすっかり抜けて、しわしわ、カリカリになったらでき上がり。切り昆布と合わせてあえものにしたり、そのまま素揚げしてスナック菓子のようにポリポリと楽しむのもおすすめ。

どちらもお日様の匂いが、たっぷり詰まっています。

半干し大根

材料と作り方（作りやすい分量）

大根1/2本（約750g）は1.5×4cmくらいの短冊切りにし、ざるに並べて天日で半日ほど干す。

＊冷蔵庫で1～2日間保存可能。

切り干し大根

材料と作り方（作りやすい分量）

1 大根1本（約1.5kg）は5～6cm長さ、5mm角くらいの棒状に切り、ざるに並べて天日で3～5日干す。

2 カラカラになったら保存瓶または保存袋に乾燥剤とともに入れて保存する。

＊大根1.5kgが5日間干すと90gくらいになる。常温で1か月ほど保存可能。できるだけ早めに食べたほうが香りもよく、おいしい。

半干し大根と豚肉の炒めもの

材料（4人分）

半干し大根（→p119参照）
…1/2本分
豚バラ薄切り肉 … 150g
細ねぎ … 6本
長ねぎ … 1/2本
しょうが（せん切り）… 1かけ分
塩、粗びき黒こしょう … 各適量
薄口しょうゆ … 小さじ2
油 … 少々

半干しして甘みを蓄えた大根に、豚肉のうま味をさらに吸わせます。2種類のねぎとしょうがおいしさのポイント。

作り方

1 豚肉は食べやすい大きさに切り、軽く塩をふる。細ねぎは3cm長さに、長ねぎは斜め薄切りにする。

2 フライパンに油を熱し、豚肉を並べ入れて焼きつけるようにさっと炒め、色が変わったら干し大根と細ねぎ、長ねぎ、しょうがを加えて炒め合わせる。野菜に火が通ったら塩ふたつまみを加えて炒め、しょうゆを加えてざっと炒め合わせ、こしょうをふる。

切り干し大根と切り昆布のあえもの

材料（作りやすい分量）

切り干し大根（→p119参照）…30g
切り昆布 … 5g
A しょうゆ … 大さじ1
酢 … 大さじ1
砂糖 … 小さじ1〜2

作り方

1 切り干し大根は水でもどし、軽く絞って食べやすく切る。
2 ボウルにAを合わせ、*1*、切り昆布を加えてよくあえる。

切り干し大根に昆布のしみじみおいしいだしを染み込ませた箸休め的な一品。ポリポリとした切り干しの食感もいい。

切り干し大根の素揚げ

材料と作り方（作りやすい分量）

1 160℃に熱した揚げ油に、乾燥したままの切り干し大根15gを入れる。全体が茶色くなり、香ばしく揚がったら引き上げ、油をよくきる。
2 塩少々をふって食べる。

油で揚げることで、コクが加わった切り干し大根。体にやさしいスナック感覚の一皿は、おやつにもお酒のつまみにも。

二月十九日

酒粕

できたての酒粕でいただく
甘酒と粕汁。冷えた体を
芯からじんわりと
温めてくれる
冬に欠かせない食材です。

酒蔵で働きはじめた知り合いが、毎年、年末から2月くらいまでの間、新酒を絞ったときにできる酒粕を送ってくれます。

真っ白な美しい酒粕は、まずは甘酒にして、風味と香りとを味わい、楽しみます。それから汁ものや鍋に加えたり、漬けものの味つけに使ったりします。ときどき、日本酒をいただくときには、酒粕のかたまりごと焼き網にのせ、焼き目がつくまでこんがりと焼き、塩やしょうゆをちょこっとふって、ちびちびとつまんだりも。濃厚な酒粕と焼き目の香ばしさが相まって、それはそれはお酒と合うのです。これを肴にしたらスルスルと何杯でもいけてしまうので、困ったものです。そう、そばみその酒粕バージョンというと、わかりやすいでしょうか。ちょっぴりわさびをつけてもよく合います。

1パックにまあまあな量が入っているので、一度には使い切れないこともあり、最近は、小分けにして冷凍しておくことにしています。カチカチには凍らないので、冷凍庫から出してすぐに使えて、便利なのです。

汁ものや鍋に入れると風味もよくなり、体が芯からポカポカと温まるので、今やわが家では寒い冬に欠かせない食材となりました。

おいしいのはもちろんのこと、フレッシュな酒粕とおろしたてのしょうがの香りに包まれるのも、甘酒の楽しみ。

甘酒

材料（作りやすい分量・約2カップ分）

酒粕 … 80g
砂糖 … 大さじ3
おろししょうが … 少々

作り方

1 鍋に酒粕と水1と1/2カップを入れ、しばらくおく。やわらかくなったらスプーンや泡立て器で溶く。
2 *1*を火にかけ、煮立ったら砂糖を加え混ぜる。仕上げにおろししょうがを加え混ぜる。

粕汁

材料(2人分)

にんじん … 1/4本
大根 … 5cm
ごぼう … 10cm
だし汁 … 2カップ
A | 酒粕、みそ … 各大さじ2
　| おろししょうが … 少々
しょうゆ、塩 … 各少々
せり(ざく切り) … 少々

作り方

1 にんじん、大根、ごぼうはマッチ棒くらいのせん切りにする。
2 鍋にだし汁と1を入れ、火にかける。煮立ったら弱火にし、野菜がやわらかくなるまで煮る。
3 Aを加え、味をみてしょうゆと塩で調味する。椀に盛り、せりをあしらう。

だし汁を1カップにし、牛乳または豆乳を1カップ加えると、よりコクが出ておいしい。

酒粕のうま味を生かした即席のお漬けもの。酒粕とみその濃厚な味わいは、お酒のつまみにもぴったりです。

かぶときゅうりのみそ粕漬け

材料（作りやすい分量）

かぶ … 2個
きゅうり … 2本
A　酒粕 … 大さじ4
　　酒 … 少々
　　みそ … 大さじ2
　　塩 … 小さじ1/2

作り方

1 かぶは皮をむいてくし形に切る。きゅうりは縦半分に切ってスプーンで種を取り除き、3～4cm長さに切る。Aの酒粕は酒を加えて少しゆるめておく。
2 *1*の野菜をポリ袋に入れ、Aを加えて袋の上から軽くもむ（a）。冷蔵庫で2～3時間おいて味をなじませる。

＊冷蔵庫で3～4日間保存可能。

a

焼き酒粕

材料と作り方（作りやすい分量）

酒粕適量は、焼き網で焦げ目がつくまで焼く。好みでしょうゆ少々をたらしたり、塩をふって。

豆腐ようのようにちびちびとつまみます。おそばのときの箸休めにも。

二月二十一日

牛すじ煮

トロトロに煮込んだ牛すじと、
そのうま味をしっかり
染み渡らせた
根菜のトロトロの、両方が好き。

冬になると必ず作るもののひとつ、牛すじ煮。すじ肉自体も好きですが、その煮汁で炊いたじゃがいもや里いも、大根が大好きなのです。牛のうま味たっぷりのスープで煮ると、牛すじのトロトロが合わさって、野菜にもコクと濃厚なうま味が染み渡ります。それだけで、もう充分なごちそう。私は少し脂分があるほうが好みなので、ゆでこぼしは一度にしていますが、脂身が気になる方や、すじ肉によっては二〜三度ゆでこぼすと、あっさり仕上がります。

そのまま煮ものとして食べても、カレーに加えてもおいしいです。しょうゆを足して煮込み、うどんにのせても。

牛すじ煮

材料（作りやすい分量）

牛すじ … 800g
酒 … 適量
里いも … 8個
れんこん … 150g
こんにゃく … 400g
塩 … 小さじ1
長ねぎ（白髪ねぎ）、
　七味唐辛子 … 各適量

a

作り方

1 鍋に牛すじとたっぷりの水を入れ、火にかける。煮立ったらざるに上げ、牛すじをひとつずつ流水で洗いアクを流す（a）。脂が気になる場合は、同様に2～3回ゆでこぼす。牛すじが大きければ食べやすく切る。
2 鍋をきれいにし、1を戻し入れる。牛すじの半分の高さまで酒を入れ、牛すじがかぶるくらいまで水を加える。ふたをして火にかけ、煮立ってきたら弱めの中火にして1時間ほど煮る。
3 里いもとれんこんは皮をむき、食べやすく切る。こんにゃくは下ゆでしてからスプーンで食べやすい大きさにちぎる。
4 2に3を加え、野菜に火が通ったら塩で調味する。器に盛り、白髪ねぎをのせて七味をふる。

＊密閉容器に入れ、冷蔵庫で1週間保存可能。2～3日ごとに火を入れるとよい。

牛すじ入りお好み焼き

材料（直径18cmのもの2枚分）

牛すじ煮（上記参照）
　… 1カップ（煮汁ごと）
薄力粉 … 1カップ
卵 … 1個
長ねぎ（小口切り）、かつお節
　… 各適量
油 … 適量

作り方

1 牛すじ煮のこんにゃくは薄切りに、里いもとれんこんはつぶす。
2 ボウルに1と薄力粉、卵を入れ、ざっと混ぜ合わせる。
3 直径18cmのフライパンに油を中火で熱し、2の半量を流し入れる。底がこんがり焼けてきたら裏返し、もう片面も弱めの中火で焼く。残りも同様に焼く。
4 器に盛り、好みでソースやしょうゆ（分量外）をかけ、長ねぎとかつお節をのせる。

牛すじ煮に入っていた根菜も合わせて、卵と粉を加えて焼けば、うま味たっぷりのモチモチお好み焼きになります。

飛田和緒（ひだ・かずを）

料理家。東京生まれ。
高校の3年間を長野県で過ごした後、再び東京へ。
現在は、相模湾を望む高台で、夫と娘の3人で暮らして12年目になる。
季節を感じ、慈しみながら、ごはんとおかず、季節の作りおきをせっせと作る毎日。
食材から季節を感じるようになったのは「海辺暮らしのおかげ」とは本人談。
魚屋さんに長靴で出かける様も、ずいぶんと板についてきた今日このごろ。

STAFF
写真――――竹内章雄
取材・構成―赤澤かおり
デザイン――高橋 良（chorus）
校閲――――滄流社

海辺暮らし
季節のごはんとおかず

二〇一七年 三月三十日 初版第一刷発行

著者 飛田和緒
発行者 香川明夫
発行所 女子栄養大学出版部
http://www.eiyo21.com
〒170-8481
東京都豊島区駒込3-24-3
電話 03-3918-5411（営業）
03-3918-5301（編集）
振替 00160-3-84647
印刷所 シナノ印刷株式会社

ISBN978-4-7895-4505-1